C'est la crise...
... de rire !

« Il paraît que la crise ça rend les riches plus riches et les pauvres plus pauvres. Moi, je vois pas en quoi c'est une crise. Depuis que je suis petit, c'est comme ça. »

Coluche
(Extrait de son sketch « Le Chômeur »)

Des mêmes auteurs :

Le Petit livre 100 % Devinettes, Éditions First, 2009.

ISBN : 978-2-7540-1474-8
Dépôt légal : 3e trimestre 2009

Couverture : Manon Bucciarelli
Conception graphique : Manon Bucciarelli
Correction : Anne-Lise Martin et Hélène Jovignot
Edition : Véronique Marta
Photographies intérieures : © Getty Images / George Marks, Superstock, Housewife

Éditions First
60, rue Mazarine
75006 Paris – France
Tél. : 01 45 49 60 00
Fax : 01 45 49 60 01
firstinfo@efirst.com

www.editionsfirst.fr

François JOUFFA
& Frédéric POUHIER

C'est la crise... de rire !

Blagues pour temps difficiles.

VOUS ÊTES ICI

FIRST
Editions

Préface

Toutes mes félicitations, amis lecteurs ! En achetant cet ouvrage, vous venez de sauver deux auteurs de la récession frappant la planète depuis le début de l'année.

C'est beau ! Vous pouvez être fiers de vous, c'est un geste qui vous honore mais vous pouvez aller plus loin ! Retournez immédiatement chez votre libraire pour acheter d'autres exemplaires de *C'est la crise… de rire.* Faites plaisir à votre famille, offrez-le à vos amis, voisins, collègues, aux commerçants du quartier, aux fonctionnaires du Pôle emploi (qui ont beaucoup de travail en ce moment). Et même, pourquoi pas, à votre concierge en guise d'étrennes.

Sachez tout d'abord, amis lecteurs, que ce livre a été écrit en France, édité en France, imprimé en France et vendu chez des libraires français. Ce qui n'est pas le cas de tous les livres, mais je me refuse d'écrire du mal d'Harry Potter (Note pour l'éditeur : remplacer France par Belgique pour les exemplaires vendues là-bas. Ils sont tellement susceptibles…).

Et ces temps de crise, il était important de se battre contre les délocalisations en ayant acheté ce livre. Merci.

Vous avez eu le courage de dire « Non ! » aux livres d'humour écrits en Chine. D'abord parce qu'ils sont beaucoup moins drôles (surtout si on ne sait pas lire le mandarin) et aussi parce qu'un auteur qui vend des livres est un auteur qui gagne de l'argent. C'est donc un auteur qui consomme et qui crée des emplois, c'est un auteur qui paye des impôts[1] pour soigner les malades, qui paye des impôts pour les instituteurs qui dispensent le savoir à nos enfants, qui paye des impôts pour construire plein de ronds-points[2] et de ralentisseurs sur nos routes, qui paye des impôts pour renflouer les caisses des banques privées et permettre à leurs pauvres dirigeants remplis de suffisance et de cholestérol de s'octroyer de juteuses primes de fin d'année et, au final, de relancer l'économie. CQFD !

Soyons donc clair. Aux vues de cette démonstration limpide et de bonne foi, toute personne n'ayant pas acheté au moins trois exemplaires de ce livre sera considérée comme un mauvais citoyen !
Je sais, c'est un peu radical, mais il faut l'être car le monde a changé ! Tous nos repères ont été chamboulés.

Qui aurait pu imaginer que, cette année, les stars ne seraient ni des comédiens, ni des vedettes de la chanson ni des bimbos de la télé-réalité, mais des banquiers en costumes sombres et au bord de la crise de nerf, des traders beaucoup moins fringants que les *golden boys* des livres de Paul-Loup Sulitzer ?

Qui aurait pu imaginer que le monde opaque de la haute finance, de la Bourse et des économistes aurait remplacé les blondes et les Belges dans les histoires drôles ? (Note pour l'éditeur : remplacer Belges par Français pour les exemplaires vendus là-bas, ils sont tellement susceptibles…).

Comment imaginer qu'un petit employé de la Société Générale – on pense à l'apprenti trader Kerviel – fasse la une de Paris Match et l'ouverture des journaux télévisés de la planète ? Que cet ouvrier spécialisé en flux monétaires réussisse l'exploit de faire perdre plus de 5 milliards d'euros à son employeur, alors que cette même banque nous harcèle dès 9 heures du matin lorsque nous avons 400€ de découvert sur notre compte ?
Le Français Kerviel aura partagé, cette année, la vedette avec l'Américain Bernard Maddof, alias Berny les mauvais tuyaux, l'escroc du siècle (avant le prochain), auteur d'une escroquerie vieille comme le monde, la vente pyramidale (inventée par les Égyptiens ?).

Qui aurait pu imaginer que General Motors, le symbole même du capitalisme américain dans toute sa puissance, berceau du fordisme et de la révolution industrielle, dépose le bilan ? Que Michael Moore, le cinéaste pamphlétaire, altermondialiste, gras du bide, lui, aurait pu le prévoir ? Son premier film, *Roger & Me* en 1989, s'attaquait déjà avec un humour grinçant aux restructurations dans le domaine de l'automobile, Général Motors annonçant alors (et déjà) la fermeture de ses usines de Flint, sa ville natale, dans le Michigan.

Car, oui, l'humour est une arme. Elle permet également de relâcher la pression lors de périodes difficiles, c'est le cas aux États-Unis avec Moore mais aussi avec Jon Stewart, humoriste animateur du *Daily Show*, une parodie acide de journal télévisé diffusée tous les soirs sur la chaîne *Comedy Central*, et qui fait du comédien l'un des journalistes les plus populaires des Etats-Unis.

Mais c'est également au bureau, autour de la machine à café, dans les forums internet ou dans la rue que l'on entend le plus de blagues sur l'actualité et, a fortiori, sur la crise. Fabrice Nobé-Langlois, le correspondant du Figaro à Moscou, nous rapporte sur son blog qu'en Russie, pendant la crise financière de 1998, la blague à la mode dans les rue de Moscou était de demander « Où est la sortie de cette crise? ». La réponse étant : À l'aéroport de Cheremetievo (l'aéroport de Moscou).

En 2009-2010, il nous reste l'humour à défaut de l'épargne. Après avoir acheté ce livre, vous décidez courageusement de dire non à la sinistrose : c'est la crise, oui, mais de rire.

F.P.

1- Au-dessus de 500 000 exemplaires vendus, les auteurs se donnent le droit de s'exiler en Suisse ou à Monaco, pour la qualité de vie, bien sûr.

2- Pourquoi les conseils généraux veulent-ils construire autant de ronds-points ? Ce ne sont plus des routes départementales mais des pistes de slalom.

Le téléphone pleure

Un trader appelle un de ses collègues :
« Allô, ça va ?
— Oui, ça va.
— Ah, pardon, j'ai dû faire un mauvais numéro. »

Kramer contre...

Un homme dit à son ami :
« La crise économique, c'est encore pire qu'un divorce. Non seulement j'ai perdu la moitié de mes biens, mais en plus, j'ai toujours une femme ! »

Social

On vient de l'apprendre, le président Sarkozy l'a entériné : un fonctionnaire sur deux ne sera pas remplacé en 2010. C'est dommage, le deuxième pouvait réveiller le premier !

Back to the futur

Automne 2009, sur un trottoir de New York. Deux balayeurs se rencontrent :
« On ne s'est pas déjà croisés quelque part ? demande le premier.
— Peut-être, dans quelle banque tu travaillais avant ? »

Idée pour gagner de l'argent en temps de crise

~~Vendre ses organes~~.
Vendre les organes de grand-mère. De toute façon, elle ne s'en sert quasiment plus !

Témoignage

« Avant, je travaillais comme historien, mais je me suis aperçu que ce travail n'avait pas d'avenir. »

Bon plan vacances en temps de crise

Nicolas Sarkozy et Carla Bruni-Sarkozy
sont dans un bateau…
Qui a prêté le bateau ?

Leçon d'économie

Un petit garçon demande à un trader :
« Monsieur, combien font 2 + 2 ?
— Ça dépend, tu es vendeur ou acheteur ? »

C'est la crise, soyez radin

Ne dépensez plus une fortune chez le teinturier pour nettoyer vos chemises sales. Offrez-les plutôt à Emmaüs, ils les laveront à votre place.
Après, vous n'aurez plus qu'à les racheter à un prix modique.

La grenouille et le trader

Deux femmes se promènent dans un bois lorsqu'une grenouille apparaît devant elles et leur dit :
« Aidez-moi, mesdemoiselles, je suis un trader qui a été transformé en grenouille par une méchante sorcière. Si vous m'embrassez, je redeviendrai un trader. »
À ce moment, une des femmes attrape la grenouille et l'enferme dans un sac. Sa copine lui demande alors :
« Mais pourquoi est-ce que tu fais ça ? Il faut l'embrasser pour qu'il redevienne un trader !
— Tu sais, lui répond sa copine, en temps de crise, une grenouille qui parle a beaucoup plus de valeur qu'un trader. »

Crise de la consommation

« L'année dernière, j'ai expliqué à mes enfants que le Père Noël n'existait pas. Cette année, ça va être plus dur. C'est à ma femme que je vais devoir l'expliquer. »

Mais oui, comment ?

Comment devenir millionnaire en jouant en Bourse ?
En étant milliardaire au départ.

Noir c'est noir

En raison de la crise économique, la lumière au bout du tunnel sera arrêtée jusqu'à nouvel ordre.

Optimisme

Un pdg à son conseil d'administration :
« Messieurs, l'année dernière, nous étions au bord du précipice. Cette année, je peux vous dire que nous avons fait un grand pas en avant ! »

Panique boursière

Un homme appelle son banquier :
« Allô, il faut tout vendre ! Vendez tout, vous m'entendez, vendez tout ! dit-il d'une voix fébrile.
— Calmez-vous. C'est vrai, c'est la crise, mais le marché est cyclique. Il faut voir à long terme !
— Non, vendez tout. Rendez-moi mon argent.
— Mais que se passe-t-il ?
— Je vais vous faire une confidence, lui dit son client. Mes beaux-parents ont été totalement ruinés lors du krach de 1936. Et ma femme leur a fait la promesse de ne jamais investir en Bourse et de garder tout notre argent sous le matelas.
— Donc, vous avez peur que vos économies baissent avec la crise financière et que votre femme découvre le pot aux roses, c'est ça ?
— Non, c'est parce qu'elle vient de commander un nouveau matelas et qu'ils vont nous le livrer dans deux jours ! »

Apprenons le capitalisme dès l'école primaire

Une maîtresse demande à ses élèves :
« Jean-Paul, que veux-tu faire lorsque tu seras grand ?
— Je veux être docteur, madame.
— C'est bien ça, et toi, Kevin ?
— Moi, être l'homme le plus poilu du monde !
— Ah bon, et pourquoi ça ?
— Si vous saviez ce que ma sœur se fait comme argent avec un tout petit triangle de poils ! »

Flash info

L'économie mondiale va tellement mal que les Irakiens peuvent à peine se permettre de lancer une chaussure à la fois.

Dis-moi pourquoi...

Pourquoi E.T. a de si grands yeux ?
Parce qu'il a vu sa facture de téléphone.

Consommation des ménages

Deux hommes se rencontrent :
« Cette année, c'est vraiment dur. J'ai du mal à joindre les deux bouts.
— Oui, moi aussi, c'est la crise.
— Tu te rends compte que tous les matins, ma femme me demande 100 euros pour faire les courses ?
— 100 euros ? La vache ! Tu fais comment ?
— Ben, je ne lui donne pas. »

Yes, we can, or maybe not, it's hard to say

Barack Obama vient de faire son grand discours sur l'économie américaine. Bizarrement, ce discours ressemblait beaucoup au fameux speech de Martin Luther King :
« I have a bad dream. »

Info dépressive mais vraie

Si ma banque fait faillite, puis-je déduire l'argent perdu de mes impôts ?
Eh bien NON. Si votre banque fait faillite, vous ne pourrez même pas faire constater une moins-value et encore moins déduire vos pertes. C'est ce qu'on appelle le double effet Kiss Cool.

Témoignage

« J'aurais pu être un écrivain,
mais je déteste la paperasserie ! »

Deux en un

Un patron à son employé :
« Je vais allier travail et plaisir : VOUS ÊTES VIRÉ ! »

En temps de crise, il faut savoir embaucher les bonnes personnes

Lors de l'entretien d'embauche d'un nouveau vigile, le patron dit :
« La personne que je recherche pour ce poste devra avoir beaucoup de flair. Elle devra toujours douter de tout ce qu'elle voit et de tout ce qu'elle entend. Elle vérifiera toujours tout. Notre futur vigile devra toujours sentir que quelque chose ne va pas en partant du principe que l'autre a toujours tort ! »
À ce moment, le postulant interrompt le patron et lui dit :
« Je viens de me rendre compte que j'aurais dû vous envoyer ma femme ! »

www.elleestdrôlecellelà.com

Comment appelle-t-on un patron dans la nouvelle économie ?
Un e-responsable.

Mais oui, pourquoi ?

Pourquoi les agents immobiliers ont-ils arrêté de regarder par la fenêtre le matin ?
Pour avoir quelque chose à faire l'après-midi.

La différence ?

Quelle est la différence entre 20 dollars et Reykjavík ?
Reykjavík, c'est la capitale de l'Islande.
Et 20 dollars, le capital de l'Islande.

Vol au-dessus d'un nid de cocus

Un client entre dans une banque et demande au guichet :
« Bonjour, je voudrais déposer de l'argent dans votre banque. À qui dois-je m'adresser ?
— À un psychiatre ! »

L'argent…

– Il peut acheter une maison… mais pas un foyer.
– Il peut acheter un lit… mais pas le sommeil.
– Il peut acheter une horloge… mais pas le temps.
– Il peut acheter un livre… mais pas le savoir.
– Il peut acheter une situation… mais pas le respect.
– Il peut payer le médecin… mais pas la santé.
– Il peut acheter du sang… mais pas la vie.
– Il peut acheter du sexe… mais pas de l'amour.

Alors, comme vous pouvez le constater, l'argent n'est pas grand-chose et amène de très nombreux problèmes ainsi que beaucoup de souffrances.
Nous vous disons cela car, vous, lecteurs, vous êtes nos amis et nous désirons plus que tout vous éviter ces désagréments.
Alors, envoyez-nous votre argent et nous souffrirons à votre place !
Non, non, ne nous remerciez pas, c'est normal.

Signé : Les auteurs de ce livre.

Quiz

Quelle est la différence entre un euro et un rouble ?
Un euro.

C'est un signe ?

Qu'est-ce qu'une perspective optimiste pour l'économie ?
Un trader qui repasse cinq chemises le dimanche après-midi.

Irremplaçable

Un homme vient d'être convoqué pour être juré dans un procès. Il va voir le juge et le supplie de ne pas le prendre dans le jury :
« Ne vous inquiétez pas, je suis sûr que votre société peut se passer de vous pendant quelques semaines ! lui dit le juge.
— Mais bien sûr qu'ils peuvent se passer de moi pendant quelques semaines, mais je ne veux surtout pas qu'ils s'en rendent compte ! »

100% VRAI

Et en plus, c'est vrai

En voilà une qui n'a jamais fait confiance aux banques de sa vie. Une Allemande de 86 ans a dû être hospitalisée. Au moment de son transport à l'hôpital de Vilshofen, en Bavière, la vieille femme insista tellement auprès des ambulanciers pour emporter une boîte à chaussures que le personnel soignant, intrigué, ouvrit la boîte et découvrit qu'elle renfermait plus de 600 000 euros en liquide.

Grande promo

Deux amis discutent :
« Hier, j'ai acheté une machine à laver.
Ils m'ont donné une banque avec. »

Soyons positifs

« Grâce à la crise, je marche de nouveau.
La banque a saisi ma voiture ! »

Définition

Une banque est un endroit où l'on vous prête de l'argent que si vous n'en avez pas besoin.

Le point commun

Quel est le point commun entre l'économie islandaise et un skieur ?
Ils ont tous les deux les bourses gelées.

Témoignage

« Je connais un immigré qui est arrivé en France, il y a près de dix ans, avec rien dans les poches. Et en travaillant dur et avec détermination, cet homme a maintenant plus de 15 000 euros de dettes. »

Le marché va si mal...

Le marché va si mal que, comparé à lui, le livre de l'Apocalypse ressemble à des vacances à la plage.

C'est dire que ça va mal

« La Bourse de Paris va si mal qu'elle a de plus mauvais résultats que le PSG. »

Diamonds are the girls' best friends

Un milliardaire de 60 ans vient d'épouser un top-modèle de 20 ans. Ses amis, un peu jaloux, lui demandent :
« Espèce de vieux machin, comment as-tu fait pour séduire une aussi jolie fille ?
— C'est facile, je lui ai dit que j'avais 95 ans ! »

CITATIONS DE STARS:

MARK TWAIN

« Il y a deux cas dans lesquels un homme ne devrait pas spéculer en Bourse : quand il n'en a pas les moyens et quand il les a. »

JAMES BALDWIN

« L'argent, c'est exactement comme le sexe. On ne pense à rien d'autre si on n'en a pas, et à autre chose si on en a. »

MICHEL AUDIARD

« Un financier, ça n'a jamais de remords.
Même pas de regrets. Tout simplement la pétoche. »

BETTE MIDLER

« En voiture, on ne se sert jamais des clignotants à Beverly Hills. Les gens s'imaginent que si vous êtes très riche, vous n'avez pas à dire à quiconque où vous allez. »

ARNOLD SCHWARZENEGGER

« L'argent ne rend pas vraiment heureux.
J'ai 50 millions en banque, mais j'étais aussi heureux lorsque j'en avais 48 millions ».

W. C. FIELDS

« Un homme riche n'est rien de plus qu'un pauvre avec de l'argent. »

F. SCOTT FITZGERALD & ERNEST HEMINGWAY

« Les riches sont différents de toi et moi.
— Oui, ils ont plus d'argent. »

ELIZABETH TAYLOR

« Si quelqu'un est assez stupide pour me proposer 1 million de dollars pour prendre des photos, je ne suis certainement pas assez idiote pour refuser. »

MARK TWAIN

« La différence entre un taxidermiste et un inspecteur des impôts, c'est que le taxidermiste ne prend que votre peau. »

SAM GOLDWYN, COFONDATEUR DE LA MGM

« Je ne veux pas de béni-oui-oui autour de moi. Je veux que tout le monde me dise toujours la vérité, même si ça doit leur coûter leur emploi ! »

OSCAR WILDE

« Il vaut mieux avoir des revenus réguliers que d'être fascinant. »

GROUCHO MARX

« Il y a tellement de choses plus importantes dans la vie que l'argent, mais il faut tellement d'argent pour les acquérir ».

5 phrases qui vous seront utiles lorsque les huissiers frapperont à votre porte

1. Comme l'a dit le poète des années 1990 : « Vous n'aurez pas ma liberté de penser ! »

2. Tenez, c'est l'adresse de ma belle-mère. Allez la saisir à ma place. De toute façon, tôt ou tard, j'aurais eu ses meubles en héritage.

3. Vous acceptez les chèques en bois ?

4. Yé suis la femme dé ménage, lé méssieur il est pas à la maison.

5. Ne prenez pas mon écran plat, prenez ma femme à la place !

5 faits qui prouvent que vous êtes vraiment devenu pauvre

1. Vous allez chez KFC pour lécher les doigts des autres clients.

2. Votre maison est tellement petite que, lorsque vous commandez une grande pizza, vous êtes obligé de la manger dehors.

3. Les SDF, dans le métro, vous donnent une pièce.

4. Vous venez de faire un emprunt à la banque pour acheter une baguette.

5. Les Éthiopiens sont tristes en regardant des images de vous à la télévision.

5 bonnes raisons de ne pas démissionner cette année

1. Le seul emploi disponible à l'ANPE est inséminateur de taureau.

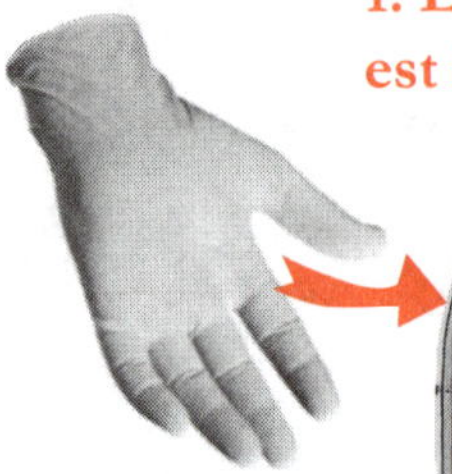

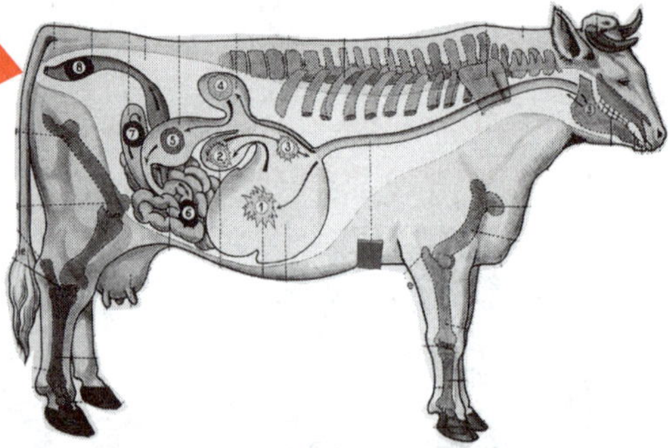

2. Votre chef est un salaud, un imbécile, un porc, un incompétent. Il sent la transpiration, il a une haleine de chèvre mais, à la maison, c'est pire : il y a votre femme !

3. Si la tour de l'immeuble de votre bureau s'effondre et tue les trois quarts des employés, vous aurez peut-être la chance d'avoir une promotion cette année.

4. Ce serait dommage de démissionner à trente-sept ans de la retraite.

5. Vous êtes à deux doigts de conclure avec la nouvelle stagiaire.

5 indices qui prouvent que vous allez bientôt vous faire virer

1. Votre badge pour entrer dans l'immeuble ne fonctionne plus.

2. Lorsque vous arrivez à la machine à café, tout le monde s'en va.

3. Le DRH vous fait de grands sourires.

4. Les services généraux viennent de vous retirer votre téléphone, votre ordinateur, votre bureau, votre chaise et même votre taille-crayon.

5. Les syndicalistes de votre entreprise sont devenus vos seuls amis dans la boîte !

5 idées pour sortir de la crise économique

1. Si un Français sur deux achetait ce livre, nous deviendrions riches. Ce serait au moins deux personnes de sauvées.

2. Si nous laissions tous ouvert la porte du réfrigérateur, nous lutterions contre le réchauffement planétaire, non ?

3. Vendre des pays qui ne servent à rien. Transformons, par exemple, en entrepôt la Belgique ou la Chine en usine du monde. On nous signale que c'est déjà le cas pour la Chine.

4. Restaurer la confiance avec le milieu bancaire, répétez après moi : « J'ai confiance en mon banquier, j'ai confiance en mon banquier, j'ai confiance en mon banquier, j'ai confiance en mon banquier, j'ai confiance en mon banquier… »

5. Revenons aux francs, et si ça ne fonctionne pas, revenons aux louis d'or, et si ça ne fonctionne toujours pas, revenons au troc. D'ailleurs, j'échange ce livre dédicacé contre un scooter, si quelqu'un est intéressé…

5 bonnes raisons pour reformer l'AMF (Autorité des marchés financiers), le gendarme de la Bourse

1. Ils ne portent pas de képi comme les vrais gendarmes.

2. Ils devraient mettre des radars automatiques en cas d'excès de confiance des traders.

3. Ils auraient dû faire souffler Jérôme Kerviel dans le ballon le jour où il a perdu 5 milliards.

4. AMF, c'est aussi le sigle de l'Association des mythomanes francs-comtois.

5. Jérôme Kerviel.

Très profond

Entre un homme qui a 1 million d'euros sur son compte en banque et un homme qui est père de cinq enfants, quel est celui qui est le plus satisfait ?
C'est l'homme qui est père de cinq enfants. Celui qui a 1 million d'euros en veut toujours plus.

La différence ?

Quelle est la différence entre un poulet et un banquier ?
Le poulet peut encore nourrir une famille.

Je vis mon rêve

« J'ai toujours rêvé de travailler à la maison. Maintenant, c'est chose faite. Ma femme m'a viré de la maison, je dors au bureau. »

Management de crise

Deux pdg discutent :
« Pour moi, c'est très important que mes employés prennent une semaine de congé tout les deux ou trois mois.
— Ah bon, mais pourquoi ?
— Pour savoir desquels je peux me passer le plus facilement. »

Soyez matinal

Un patron interpelle ses employés qui arrivent au bureau à 10 heures du matin :
« Vous deviez être là à 9 heures, messieurs !
— Pourquoi, il s'est passé quoi ? »

Apprenons des anciens

Un reporter demande à un vieil homme richissime comment il a fait fortune :
« Eh bien, gamin, tout a commencé en 1932. Lors de la grande dépression, je traînais dans les rues avec un sou dans la poche. Avec ce sou, je me suis acheté une pomme. Et cette pomme, je l'ai nettoyée toute la journée, je l'ai polie comme un rubis. Le soir venu, j'ai réussi à revendre cette pomme 5 cents.
Le lendemain, avec ces 5 cents, je me suis acheté 10 pommes que j'ai nettoyées toute la journée. Arrivé le soir, j'avais gagné 20 cents. J'ai continué ce système pendant près d'un mois, jusqu'à avoir amassé la somme de 1,50 $. Et après, ma femme est morte, et j'ai hérité de 3 millions. »

Weapons of mass destruction

Les Occidentaux ont inventé une arme redoutable qui détruit les hommes, mais laisse les immeubles debout : les marchés financiers.

100% VRAI

Le pire, c'est que c'est vrai !

Cette histoire incroyable se passe en Serbie, en janvier dernier. Un homme armé pénètre dans une banque, la braque et lui vole la somme de 33 730 euros en liquide, puis prend la fuite…
Quelques minutes plus tard, alors que le personnel de la banque tente de se remettre de ses émotions, notre homme revient dans la banque déposer son butin sur son compte pour combler son découvert !
Les employés le reconnaissent à ses chaussures rouges et préviennent la police. Il est arrêté pour cambriolage à main armée.

Family business

Un homme d'affaires fortuné rencontre son nouveau beau-fils : « Pour t'accueillir dans la famille, j'ai décidé de faire de toi mon associé à 50 % dans ma compagnie. Tout ce que tu as à faire, c'est d'aller à l'usine et à apprendre son fonctionnement.

— Ah non, l'interrompt brutalement son beau-fils. Je déteste les usines, c'est sale, c'est bruyant, il y a plein d'ouvriers. Non, non, très peu pour moi.

— Bon, eh bien, tu viendras au bureau et tu prendras en charge l'opérationnel.

— Ah non, l'interrompt une nouvelle fois son beau-fils. Rester coincé derrière un bureau à longueur de journée, très peu pour moi.

— Non mais, tu abuses vraiment. Je t'offre la moitié de ma société et tu ne veux rien faire ?

— Si, je veux bien vous revendre mes parts. »

Le marché va si mal...

Le marché va si mal que mon broker ne me conseille que deux positions : le cash et la fœtale.

Conseil

Dans votre travail, ne soyez jamais irremplaçable, sinon, vous ne serez jamais promu.

Astuce

Une bonne idée pour surmonter la crise : toucher un héritage.

Hécatombe

Un homme est attablé au comptoir d'un bar, noyant sa tristesse dans un verre de whisky. Le barman lui demande :
« Ça a pas l'air d'aller fort, monsieur ?
— Non, le mois dernier, mon père est mort. Il m'a légué 20 000 euros. Il y a quinze jours, c'est ma mère qui est décédée, me léguant près de 30 000 euros. La semaine dernière, mon oncle est mort à son tour. Lui m'a légué 15 000 euros !
— Je comprends, vous êtes triste parce qu'ils vous manquent ?
— Non, c'est juste que cette semaine, j'ai rien eu ! »

Citation

« Quand je dis que ma richesse est intérieure, je veux dire que mon argent est dans un coffre. »

100% VRAI

Hallucinant mais vrai

Un Américain a trouvé près de 2 000 euros en petites coupures en l'espace de dix ans à force de garder un œil vigilant sur les trottoirs et les parkings.

Proverbe de 2010

Qui se lève tôt n'a pas encore été licencié.

Définition

Un homme qui vit sur le compte des autres s'appelle un parasite. Un homme qui vit très largement sur le compte des autres s'appelle un banquier.

Réflexion

« Si toutes les nations du monde ont des dettes, où est l'argent ? »

Le marché va si mal...

Le marché va si mal qu'il sent comme une couche remplie de nourriture indienne avariée.

Définition

Un économiste est quelqu'un qui ne sait pas de quoi il parle et vous en rend responsable.

Les boules !

« Noël, ça me rappelle vraiment trop le boulot. Tu fais tout le travail, et c'est un gros mec en costume qui en tire tous les avantages. »

100% VRAI

Le pire, c'est que c'est vrai !

Des scientifiques viennent de démontrer qu'une mauvaise économie peut causer un gain de poids dans la population. Ils appellent cela la prise de poids de la récession.
Alors, si votre femme vous demande : « Chéri, tu ne trouves pas que ce pantalon fait penser que nous sommes en récession ? », faites très attention à ce que vous lui répondrez.

Citation

« Il y a une chose pire que d'être au chômage :
c'est d'avoir un travail. »

Ressources humaines

Un DRH demande à un postulant :
« Êtes-vous capable de faire quelque chose que les autres ne peuvent pas faire ?
— Oui, relire mon écriture. »

Mon banquier m'a dit

Un homme demande à un banquier :
« J'aimerais monter une petite entreprise. Comment dois-je faire ?
— C'est facile. Achetez une grosse entreprise et attendez. »

Les études économiques

En général, les études économiques nous révèlent que la meilleure période pour investir est l'année dernière.

Erreur de la compta en votre faveur

Un homme entre furieux dans le bureau de son patron :
« Je ne comprends pas. Il y a une erreur sur ma fiche de paie. Il manque 500 euros.
— Oui, je sais, lui répond son patron. Mais le mois dernier, je vous avais payé 500 euros de trop. Et là, vous n'étiez pas venu vous plaindre.
— Oui, parce qu'une erreur ça va, mais deux, ce n'est pas normal. »

Définition

Un économiste est un expert qui sait demain pourquoi les prévisions qu'il a faites hier ne se sont pas produites.

Réflexion

Mon chien est très, très inquiet par l'inflation. Ses boîtes de pâtée ont augmenté d'un euro cette année, ce qui fait sept euros en monnaie de chien.

Réflexion

La plus rapide façon d'avoir 1 million, c'est de l'épouser.

Proverbe

« Ne jamais emprunter de l'argent à un optimiste.
Il espère toujours qu'on le remboursera. »

Histoire d'eau

« L'eau coûte tellement cher que l'autre jour, quand ma maison a pris feu, je me suis demandé si ça ne coûterait pas moins cher de la laisser brûler. »

Est-ce vraiment la bonne période pour demander une augmentation ?

Un homme entre dans le bureau de son chef :
« Patron, je sais que c'est la crise, mais vous devez m'augmenter. Je suis sollicité par trois compagnies.
— Ah oui, quelles compagnies ?
— La compagnie du gaz, la compagnie d'électricité et la compagnie du téléphone. »

Réflexion

Rappelez-vous lorsque nous dépensions notre argent comme s'il n'y avait aucun lendemain. Eh bien, on est demain.

Restons philosophe

« Vivre sur terre, ça coûte cher. Mais ça inclut tout de même un voyage annuel gratuit autour du soleil. »

Carte de crédit

Deux amis discutent :
« Des voleurs ont dérobé la carte de crédit de ma femme.
— C'est terrible. Tu as été porté plainte à la police ?
— Non, pour l'instant, ils dépensent moins qu'elle. »

Le marché va si mal...

Le marché va si mal que j'ai conseillé à ma belle-mère d'y investir ses économies.

Petit jeu

À quels pays correspondent ces monnaies :

– Le yen : ....
– Le ngultrum : ....
– La couronne : ....
– Le sucre : ....
– La gourde (la monnaie, pas Paris Hilton) : ....
– Le rufiyaa : ....
– Le manat (autrement dit, dans quel pays peut-on dire « ma nana m'a piqué mes manats » ?) : ....
– Le quetzal (à ne pas confondre avec le « que dalle », la future monnaie mondiale) : ....

Réponses: Le yen : le Japon / Le ngultrum : le Bhoutan /
La couronne : le Danemark / Le sucre : l'Équateur /
La gourde : Haïti / Le rufiyaa : les Maldives /
Le manat : le Turkménistan / Le quetzal : le Guatemala /

Qui a déclaré… ?

« C'est un gros paquet parce que c'est un gros problème » ?

A. Rocco Siffredi en parlant de ses mensurations.
B. George W. Bush en parlant du plan de sauvetage financier de 700 milliards.
C. Le mari de Maïté en parlant de sa femme.

(Réponse : B.)

Témoignage

« Il a fait tellement froid aujourd'hui que j'ai vu Bernard Maddof avec ses mains dans ses propres poches. »

Le marché va si mal...

Le marché va si mal que même le Parti socialiste en a entendu parler.

Placement financier

Vous ne savez que faire de votre argent ? Vous n'avez plus confiance dans le système financier ? Suggestion de votre conseiller en placement financier : faites tatouer un euro sur votre sexe, et vous aurez le plaisir d'avoir six avantages :

1. Vous verrez croître votre investissement.
2. Vous prendrez beaucoup de plaisir à toucher votre argent.
3. Vous ne verrez plus d'un mauvais œil que votre femme mange vos économies.
4. Vous serez le seul à décider comment le protéger.
5. Vous serez le seul à décider où le placer.
6. Vous n'aurez plus peur d'être à découvert.

En 2010, il ne faudra pas non plus négliger sa vie de couple

Pendant qu'ils font l'amour, un mari demande à sa femme :
« Chérie, tu pourras me prévenir lorsque tu auras un orgasme ?
— Mais, chéri, tu ne veux quand même pas que je t'appelle au travail ? »

Qui a déclaré… ?

« Je suis fini, je n'ai plus rien. »

A. Patrick Juvet en recevant son chèque de deux euros de la Sacem.
B. Bernard Madoff juste après son arrestation.
C. Mon voisin de palier dépressif.

(Réponse : B.)

Définition

L'économie est le seul domaine dans lequel deux personnes peuvent partager un prix Nobel en proposant deux théories totalement opposées.

Mais oui, pourquoi ?

Pourquoi les banquiers n'épousent jamais leur maîtresse ?
Pour ne pas transformer une action en obligation.

Vous aussi, montez une escroquerie financière

C'est simple, il vous faut un costume, une cravate, des cheveux gris, un sourire qui donne confiance et quelques millions sur le compte en banque.
Oui, quand même quelques millions. Sinon, n'importe quel vendeur de chez Darty pourrait jouer les Bernard Madoff !

Contrôle fiscal

Un homme subit un contrôle fiscal :
« Monsieur, dit le contrôleur, comment pouvez-vous m'expliquer que vous ayez une si belle villa avec le peu d'argent que vous déclarez gagner ?
— Eh bien, c'est une longue histoire. Il y a un an, alors que je chassais dans une forêt, je m'apprêtais à tirer sur un cerf lorsque celui-ci me parla et me dit : "Je suis un cerf magique. Si tu épargnes ma vie, je réaliserai un de tes souhaits." Je lui ai dit que je rêvais d'avoir une belle villa. J'ai épargné sa vie, et la villa est apparue.
— Vous vous foutez de moi ? demande l'inspecteur des impôts. Et comment pouvez-vous prouver votre histoire ?
— Eh bien, regardez autour de vous. Vous la voyez bien cette villa ? »

Réveil douloureux

Un homme se réveille après avoir passé plus de trente ans dans le coma. Une des premières choses qu'il fait à son réveil est d'appeler son courtier en Bourse, qui lui dit :
« Les 20 000 euros que vous aviez investis valent maintenant près de 20 millions d'euros.
— Mais c'est fantastique ! » dit l'homme.
À ce moment, le téléphone commence à biper, et une voix lui dit :
« Pour continuer cette conversation téléphonique, insérez 500 000 euros s'il vous plaît. »

Restons philosophe

Être pauvre a un avantage : vos clés ne sont jamais dans un autre pantalon.

Crise de management

Un pdg venant de se faire virer par son conseil d'administration dit à son successeur :
« Je vous ai laissé trois enveloppes sur votre bureau. Ouvrez-les en cas de problème. »
Après un mois au sein de la société, une grève paralyse l'activité de l'entreprise. Le nouveau pdg ouvre la première enveloppe, et trouve un papier où il est écrit : « Rendez responsable votre prédécesseur. »
Trois mois plus tard, un nouveau problème survient au sein de l'entreprise. Le patron ouvre la deuxième enveloppe, où il trouve : « Rendez vos équipes responsables du problème. »
Six mois plus tard, un nouveau gros conflit se produit dans l'entreprise. Le pdg ouvre la troisième enveloppe, où il est inscrit : « Préparez trois enveloppes. »

L'économie expliquée aux blondes

Une jeune blonde court vers son père en pleurant :
« Papa, je n'aurais jamais dû t'écouter. Tu m'as donné un très mauvais conseil financier.
— Ah bon, lequel ?
— Tu m'as dit de mettre tout mon argent dans cette grosse banque.
— Oui, et alors ?
— Le problème, c'est que la banque doit être en faillite.
— En faillite ! Mais c'est pas possible ! C'est une des plus grosses banques du pays !
— Papa, je te dis que la banque doit être en faillite. Ils viennent de me refuser un de mes chèques sous prétexte de fonds insuffisants ! »

Et en plus, c'est vrai

Voici une idée pour gagner de l'argent en temps de crise. Natalie Dylan, une charmante étudiante américaine de 22 ans en master de thérapie familiale a en effet mis sa virginité aux enchères pour payer ses études. Vous ne serez pas surpris de savoir qu'en un mois, près de 10 000 hommes se sont proposés pour avoir une relation avec elle contre rétribution.
Le plus hallucinant dans tout ça, c'est que les enchères sont montées jusqu'à la somme faramineuse de 3,8 millions de dollars.

Test

Vous vous sentez seul. Vous pensez que personne ne sait que vous êtes encore en vie. Essayez de ne pas payer une de vos traites, et vous allez voir que beaucoup de personnes pensent à vous.

Scoop historique

Christophe Colomb était le premier économiste de notre ère. Quand il est parti pour découvrir l'Amérique, il ne savait pas où il allait. Quand il y est arrivé, il ne savait pas où il était. Et tout ça avec l'argent de l'État.

Choc des civilisations

Un mendiant approche d'une bourgeoise du XVIe arrondissement et lui dit en lui tendant la main :
« Madame, je n'ai rien mangé depuis quatre jours.
— Mon Dieu, lui répond la bourgeoise, j'aimerais avoir autant de volonté que vous ! »

Lost

Vous êtes nombreux à vous poser la question : mais il est bien quelque part, tout cet argent perdu par les banques ?
C'est vrai ça ! Que sont devenus les milliards évaporés lors de la crise ?

Voici nos 5 hypothèses :
1. Les milliards sont partis en vacances dans une île paradisiaque, fiscalement parlant.
2. Ils se sont suicidés, c'est triste !
3. Ce sont les millions que Jean-Pierre Foucault fait gagner à la télévision chaque semaine. Oui Jean-Pierre, c'est mon dernier mot.
4. L'argent perdu est peut-être entre les coussins de votre canapé. On ne sait jamais. D'ailleurs, votre télécommande s'y trouve également.
5. J'ai perdu 5 milliards, mais ce n'est pas de ma faute. Mon chien les a mangés (extrait de la plaidoirie de la défense lors du procès de Jérôme Kerviel).

Le marché va si mal...

Le marché va si mal qu'en rentrant du travail, j'ai vu un homme à un carrefour tenant une pancarte : « Je gère votre argent contre de la nourriture. »

Pas bête

Au lieu de courir derrière les bus pour économiser 1 euro, courrez derrière un taxi, ça vous fera économiser au moins 20 euros.

Ça énerve !

Combien votre banque a-t-elle perdu en se faisant escroquer par Bernard Madoff ? :

– La Caisse d'épargne, 8 millions d'euros.
– BNP Paribas évalue ses pertes à 350 millions d'euros.
– Le Crédit mutuel-CIC aurait perdu jusqu'à 90 millions d'euros.
– Le Crédit agricole évalue à moins de 10 millions d'euros ses pertes liées à l'escroquerie.
– Et enfin, la banque franco-belge Fortis pourrait perdre jusqu'à 1 milliard de dollars, une fois.

Maintenant, rappelez-vous lorsque votre banquier vous réveillait à 8 heures du matin pour vous faire la morale quand il vous arrivait d'avoir un tout petit découvert de rien du tout.
Vengez-vous ! Appelez tout de suite votre banquier pour l'engueuler. Vous allez voir, ça fait un bien fouuuuuuuuuuuuuu !

En temps de crise, soyons bien assurés

Une femme demande à son assureur :
« Ma maison vient de partir en flammes. Je viens chercher mon chèque de 90 000 euros.
— Je suis désolé, lui répond son assureur, mais ce n'est pas comme ça que cela se passe. Nous ne vous donnons pas d'argent, mais nous vous permettons d'acheter une maison équivalente.
— Ah bon ! Alors dans ce cas, j'aimerais annuler l'assurance-vie de mon mari. »

Témoignage

« Quand j'étais petit, j'étais tellement pauvre que si je n'avais pas été un garçon, je n'aurais rien eu pour jouer avec. »

Guide de survie en temps de crise

Le manuel du parfait radin :

– **Délocalisez votre famille.** Vous serez étonné de voir qu'en Roumanie, votre femme et vos trois enfants pourront vivre avec moins de deux euros par jour !
– **À quoi bon payer un loyer, vivez au bureau !** En plus, vous serez toujours le premier arrivé et le dernier parti, ce qui pourrait vous valoir une promotion.
– **Oubliez les restaurants.** Beaucoup trop chers en cette période de crise. Allez plutôt déjeuner au supermarché.
Il y a toujours de nombreux échantillons gratuits à disposition.
– Toutes les heures, allez à la machine à café et au distributeur de friandises. **Vous allez être étonné de voir combien de personnes oublient de récupérer leur monnaie.**
– **Renvoyez votre maîtresse.** C'est un luxe que personne ne peut se permettre d'avoir en temps de crise. Vous en trouverez une plus jeune en 2010.
– **Faites-vous rembourser tous vos achats.** Il suffit pour cela d'écrire au service consommateur des entreprises pour vous plaindre de la qualité des produits :
Exemple n° 1 : M. Vittel, votre eau n'a pas de goût. Remboursez-moi mon pack.
Exemple n° 2 : M. Afflelou, je suis sûr que vous n'êtes pas fou. C'est de la publicité mensongère. Remboursez-moi mes lunettes.
Exemple n° 3 : M. Nespresso, je suis très déçu de ne jamais croiser George Clooney dans vos magasins.
Remboursez-moi mes cafés.

CITATIONS DE STARS:

J. P. MORGAN,
FONDATEUR DE LA BANQUE EPONYME

« Si vous demandez le prix, c'est que vous n'avez pas les moyens de vous l'offrir. »

WOODY ALLEN

« Si seulement Dieu pouvait me donner un signe clair de son existence, comme me faire un gros virement sur un compte suisse à mon nom. »

ALBERT EINSTEIN

« La chose la plus dure à comprendre sur terre, ce sont les impôts sur le revenu. »

MARK TWAIN

« Un banquier est un mec qui vous prête son parapluie lorsqu'il fait beau et qui veut le récupérer à la minute où il commence à pleuvoir. »

PHILIPPE GELUCK

« La différence entre l'amour et l'argent, c'est que si on partage son argent, il diminue, tandis que si on partage son amour, il augmente. L'idéal étant d'arriver à partager son amour avec quelqu'un qui a du pognon. »

LE MILLIARDAIRE JOHN PAUL GETTY

« Si vous pouvez compter votre argent, c'est que vous avez moins d'un million de dollars. »

EDDIE MURPHY

« Nous étions si pauvres lorsque j'étais petit que, si je voulais un jacuzzi, je devais péter dans mon bain. »

WOODY ALLEN

« L'argent est plus utile que la pauvreté, ne serait-ce que pour des raisons financières. »

FREDERIC DARD

« C'est au moment de payer ses impôts qu'on s'aperçoit qu'on n'a pas les moyens de s'offrir l'argent qu'on gagne. »

BENJAMIN FRANKLIN

« Les créanciers ont meilleure mémoire que les débiteurs. »

GEORGES CLEMENCEAU

« La France est un pays extrêmement fertile : on y plante des fonctionnaires et il y pousse des impôts. »

5 faits qui prouvent qu'au travail vous êtes dans un placard

1. Votre bureau est vraiment dans un placard.

2. Vous êtes responsable de l'achat du ciment, des poutres de bois et des parpaings. Le problème, c'est que vous travaillez à La Poste.

3. Votre plan de carrière ressemble au plan du Sahara sur Mappy.

4. Vos collègues de travail sont persuadés que vous êtes décédé depuis plusieurs mois.

5. Les seules réunions pour lesquelles vous êtes invité sont les réunions Tupperware de votre voisine Jacqueline.

5 meilleurs investissements que vous ayez faits dans votre vie

1. Le jour où vous avez acheté ce livre. Bon, c'est vrai, ce n'est peut-être pas le meilleur investissement de votre vie, mais au moins celui de l'année.

2. Le jour où vous avez épousé Lucienne. Bon d'accord, elle est incroyablement laide, antipathique, mais bon Dieu… que ses parents étaient riches !

3. Le jour où vous avez quitté votre fiancée la veille du mariage.

4. Le jour où vous deviez acheter des actions Eurotunnel, vous vous êtes fait renverser par un bus. Une semaine de coma, six mois de rééducation, mais avec du recul, c'était vraiment votre jour de chance.

5. Lorsque vous avez investi 100 dollars dans la toute petite entreprise de Bill, votre jeune voisin informaticien qui a créé une société dans son garage. Il était doué le jeune Gates !

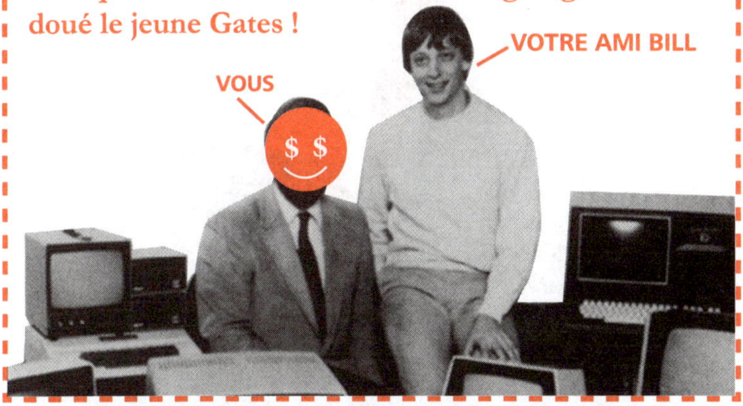

5 raisons de penser que votre job est nul

1. Vous gagnez moins que votre fils qui travaille en quart-temps chez McDo.

2. Vous travaillez pour Samy Naceri.

3. Vous êtes le prof de français de Steevy.

4. Vous êtes musicien sur le Titanic.

5. Vous êtes le masseur de Maïté.

5 banques à ne pas avoir perdu d'argent dans le crack financier

1. La banque du sperme (jamais en manque de liquidités).

2. La banque alimentaire.

3. Le mannequin américain Tara Banks.

4. La Banque centrale d'Éthiopie, car personne ne lui prête d'argent.

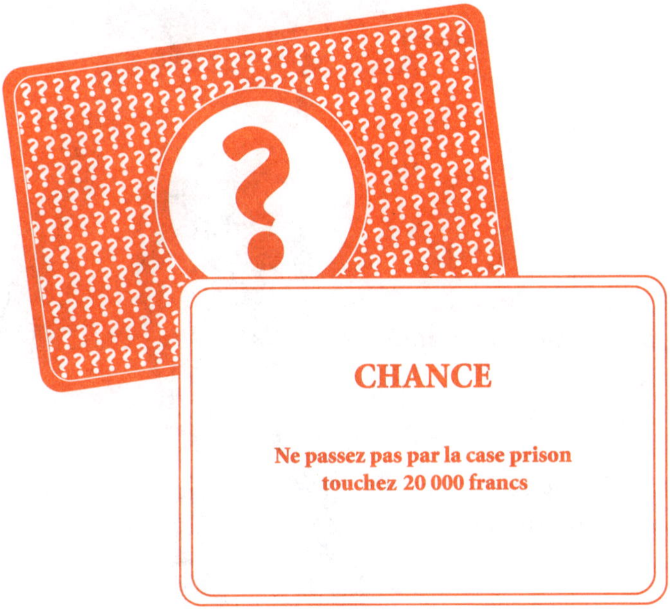

5. La banque de mon Monopoly, qui a toujours la gentillesse de me donner 20 000 francs sans passer par la case prison.

5 métiers pires que le vôtre

1. Le sosie de Saddam Hussein, au chômage depuis deux ans.

2. L'homme qui installe les millions de dominos lors des concours du Domino's day.

3. L'homme qui fait les photos « avant » pour des pubs de lotion contre les boutons.

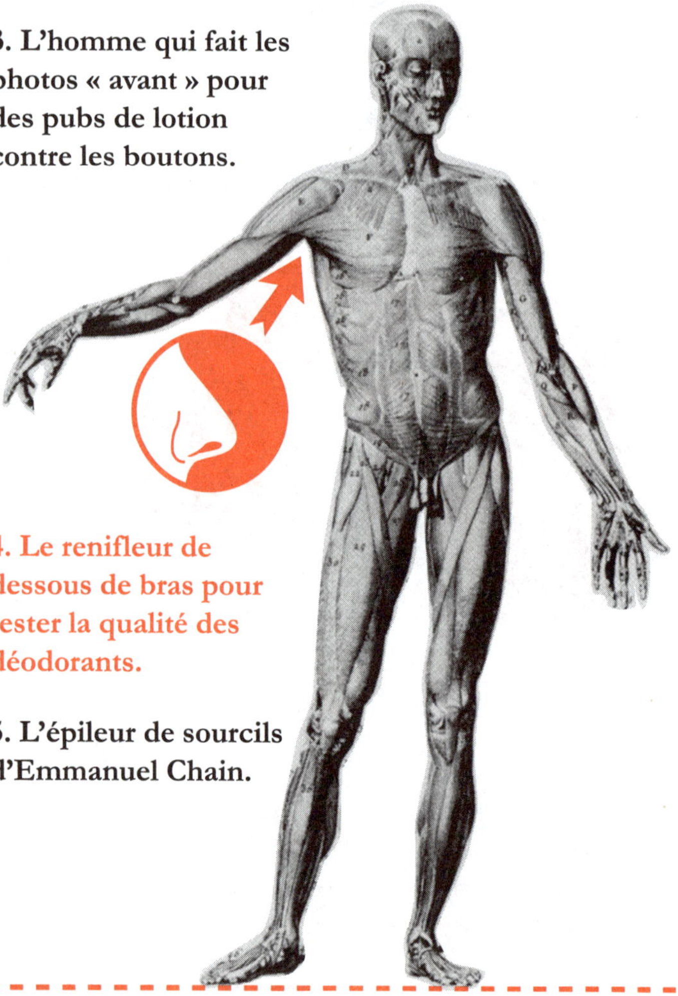

4. Le renifleur de dessous de bras pour tester la qualité des déodorants.

5. L'épileur de sourcils d'Emmanuel Chain.

5 idées de titres de film sur la crise financière

MISSION IMPOSSIBLE D'AVOIR UN CRÉDIT

BIENVENUE CHEZ LES ÉRÉMISTES

Le Fabuleux Destin de Jérôme Kerviel

Wall Street Fighter

POUR 100 BALLES* T'AS PLUS RIEN

*de toute façon, t'as même plus 100 balles

5 raisons de ne pas paniquer pendant la crise

1. Ce serait dommage de pas niquer en ayant une aussi jolie femme que la vôtre.

2. Le système bancaire est solide. Regardez Lehman Brothers… mauvais exemple.

3. Qu'est-ce qui peut arriver de pire, maintenant ? Que l'industrie automobile implose ! Autre mauvais exemple.

4. Détendez-vous. Allumez la radio et écoutez une minute du tube de "IAM". Maintenant, coupez votre radio. Vous voyez, vous vous sentez mieux. Ça fait du bien quand ça s'arrête.

5. Christine Lagarde est ministre de l'Économie. Dernier mauvais exemple, pardon.

5 raisons de penser que votre banquier est incompétent

1. Il a arrêté ses études après un CAP de chaudronnier. Heureusement que son tonton était chef d'agence.

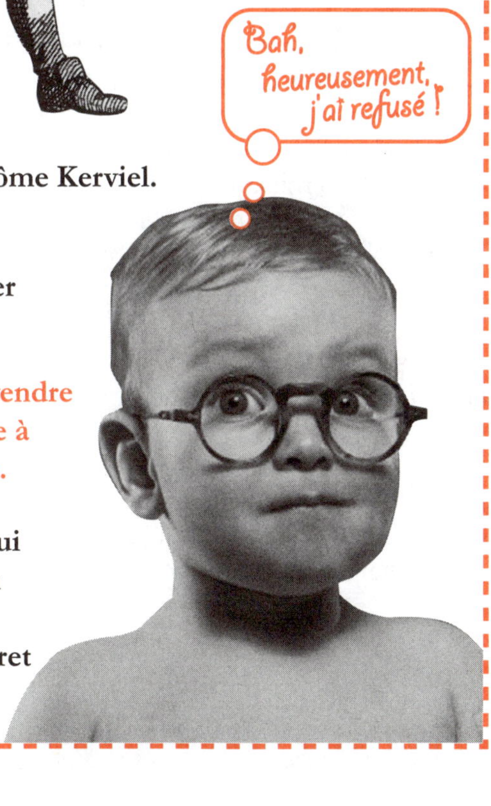

2. Il s'appelle Jérôme Kerviel.

3. Il pense qu'un PEL sert à creuser les trous.

4. Il a essayé de vendre une assurance-vie à votre fils de 2 ans.

5. Lorsque vous lui avez demandé un livret A, il vous a demandé « un livret à qui ? ».

100% VRAI

Et en plus, c'est vrai

Les pauvres riches !
Cette année de crise économique risque d'être un peu compliquée pour vous et moi. Mais pensez à nos pauvres amis les milliardaires, qui ont vu une grosse partie de leur capital partir en fumée en quelques secondes. Plus de 300 personnes ont perdu 1 123 milliards en quelques heures.
Par exemple :
– Rupert Murdoch, le magnat de la presse et pdg de News Corp (le Times, Fox, Fox News), a perdu cette année 2 milliards de dollars, soit 63 dollars par seconde, depuis le début de la crise financière.
– Charles Ergen, patron de Dish Network, le leader de la télévision par satellite aux États-Unis, a perdu 8,1 milliards de dollars, soit 66 dollars à chaque seconde.
– Min Kao, le patron des GPS Garmin, a perdu tous ses repères avec 5,1 milliards de dollars de moins dans son capital. 72,88 $ de perdu chaque seconde depuis le début de la crise.
– Michael Dell, le charismatique patron des ordinateurs Dell a, lui, perdu 17,3 milliards de dollars depuis le début de la crise, soit 3,17 $ par seconde, un sacré bug !
(Source : *Forbes Magazine*)

Quiz

Qu'est-ce qu'une obligation ?

A. C'est lorsque votre femme vous demande de faire quelque chose.
B. C'est une dette.
C. Ça n'existe pas. Elle n'est pas née, la personne qui m'obligera à quelque chose.

(Réponse : B.)

Proverbe de circonstance

« Il vaut mieux avoir les bourses en action que des actions en Bourse. »

Peut-on exporter le capitalisme ?

Un homme d'affaires en vacances en Afrique croise un pêcheur un poisson à la main. Il admire sa prise et lui demande :

« Tu veux bien retourner à la pêche avec moi ? Il faut que tu m'expliques comment tu pêches.

— Retourner à la pêche ? Mais pour quoi faire ? lui demande le pêcheur.

— Bah, comme ça, tu auras plus de poissons.

— Mais pour quoi faire ?

— Parce que, comme ça, si tu en pêches plus, tu pourras en revendre.

— Mais pour quoi faire ?

— Mais pour gagner de l'argent, bien sûr ! Comme ça, tu pourras t'acheter un plus grand bateau.

— Mais pour quoi faire ?

— Avec un gros bateau, tu pêcheras plus de poissons.

— Mais pour quoi faire ?

— Pour pouvoir engager des ouvriers.

— Mais pour quoi faire ?

— Eh bien, pour qu'ils travaillent avec toi.

— Mais pour quoi faire ?

— Pour que tu deviennes riche.

— Mais pour quoi faire ?

— Quand tu seras riche, tu pourras te reposer.

— Ça, c'est ce que je vais faire tout de suite ! »

Perspectives de carrière

Un patron à son nouvel employé :
« Vous commencerez avec un salaire de 1 300 euros pendant les six premiers mois et ensuite, vous toucherez 1 500 euros.
— D'accord, je reviens dans six mois ! »

Témoignage

« Avec la crise économique, je suis devenue tellement pauvre que la seule fois où j'ai mangé de la viande cette année, c'était lorsque je me suis mordu la langue. »

Le saviez-vous ?

Comment reconnaître un ministre de l'Économie qui ment ?
Ses lèvres bougent.

Attention à ne pas vous faire enfumer par un courtier

Deux courtiers discutent :
« Moi, dit l'un, je traite mes clients comme mes cigarettes.
— Comment ça ?
— Je les roule toujours moi-même ! »

Tensions sociales

En Corse, lors d'une grève, face au blocage d'une usine, la direction de l'entreprise a dû faire appel aux forces de l'ordre pour faire évacuer les manifestants.
Les CRS sont intervenus à coups de grenades lacrymogènes.
C'était la première fois qu'on a vu des Corses quitter leur travail en pleurant.

100% VRAI

Et en plus, c'est vrai

Une femme devient millionnaire grâce à son défunt mari.
Depuis plus de vingt ans, Charlotte Peters et son mari, tous deux Américains du Connecticut, avaient pris l'habitude de jouer au loto.
Quelques heures avant de mourir d'une attaque cardiaque, Mr Peters a, comme tous les matins, acheté des tickets pour la loterie du Connecticut.
Ce n'est que plusieurs jours après lorsqu'elle trouva les billets de loto dans son costume, que Charlotte Peters pensa que même dans son malheur, les billets pouvaient être gagnants.
En effet, la veuve venait de gagner 7 millions d'euros.

L'échelle sociale

La hiérarchie dans une entreprise, c'est un peu comme dans un arbre peuplé de singes : chacun sur une branche différente, à des niveaux différents.
Certains des singes montent, d'autres descendent.
Les singes d'en haut regardent les singes d'en bas et voient un arbre avec plein de visages souriants.
Les singes d'en bas regardent en haut et ne voient rien d'autre que des trous du cul.

Quiz

Qu'est-ce que le PNB ?

A. Le produit national brut.
B. Le Parti des nantis bourgeois.
C. Le nouveau nom du PSG, le Paris trop nul encore battu.

(Réponse : A.)

100% VRAI

Et pourtant, c'est vrai

Un homme rédige un chèque sur du papier-toilette

Dick Roper est un Anglais qui a du caractère. Un jour, après avoir garé sa voiture à moitié sur une place gratuite et à moitié sur une place payante, notre homme a eu la mauvaise surprise de trouver une contravention de 32 euros sur son pare-brise. Trouvant cette amende absurde, il décida de rédiger un chèque sur du papier-toilette, qu'il accompagna d'une lettre dans laquelle il proposait d'offrir le double de la somme à une association caritative si l'amende était levée. Une proposition qui a bien sûr été refusée par la police.

L'histoire de notre Anglais aurait pu s'arrêter là, mais le Trésor public anglais lui a annoncé qu'il acceptait son chèque en papier-toilette mais qu'il devait payer 16 euros pour couvrir les frais d'encaissement.

Notre homme a donc été en justice pour faire annuler cette décision. Le juge, qui avait déjà montré sa clémence dans d'autres cas étranges, l'a acquitté, laissant son casier judiciaire vierge. Toutefois, sachez que légalement, n'importe quel papier peut faire office de chèque, du moment qu'il contient le montant de la somme et la signature du payeur.

Qui a déclaré… ?

« Les fondamentaux de l'économie américaine sont solides. »

A. Bernard Madoff, qui n'est pas le dernier pour la déconne.
B. John McCain, le jour de la faillite de Lehman Brothers.
C. Un footballeur professionnel.

(Réponse :B.)

C'est beau l'amour

Un homme dit à sa femme :
« Chérie, je suis sûr que tu m'aimes juste parce que mon père m'a légué sa fortune.
— C'est faux, mon chéri. Je t'aurais aimé même si une autre personne t'avait légué son argent. »

100% VRAI

Et en plus, c'est vrai

En temps de crise, il est malin de se débarrasser du superflu en le vendant sur Internet. Voici les cinq produits les plus bizarres vendus sur eBay :

– Des excréments de rhinocéros.
– Une ville texane a vendu son poste de maire et un corn-flake ayant la forme de l'État de l'Illinois.
– Cette année, les dessous de Michael Jackson ont également été vendus sur eBay pour une somme inconnue, mais avec un prix de réserve de 755 000 euros.
– Un Australien lassé de sa vie l'a vendue sur eBay pour environ 220 000 euros. Pour ce prix, l'acheteur a eu sa maison, sa voiture, son emploi et ses amis.
– Un étudiant américain voulant faire une bonne affaire en vendant son vote pour l'élection présidentielle de 2008 a, quant à lui, été accusé de corruption.

Lettres de menaces

Un homme entre dans un commissariat et dit au policier :
« Inspecteur, j'ai reçu de nombreuses lettres de menaces.
— Avez-vous une idée de l'identité de leur auteur ?
— Oui… elles viennent du centre des impôts ! »

Pour relancer l'économie, faites comme

– Nicolas Sarkozy. Augmentez-vous de 172 % parce que votre patron, lui, ne le fera pas.
– Rachida Dati. Soutenez les petits commerçants français comme Dior ou Hermès.
– Ne faites pas comme Jean-Louis Borloo, sinon tous les coiffeurs de France déposeraient le bilan.
– Brice Hortefeux, grâce auquel les compagnies aériennes desservant l'Afrique n'ont pas connu la crise.

Pouvoir d'achat

Un homme voit un de ses amis portant deux belles bouteilles de Chanel n° 5. Interloqué, il lui demande :
« Dis-moi, pour qui sont ces bouteilles de parfum ?
— C'est pour ma belle-mère !
— Eh bien, on peut dire que tu l'aimes bien, ta belle-mère. Vu le prix de la bouteille, c'est pas la crise pour toi !
— Ah non, mais elle m'a dit qu'elle donnerait la moitié de sa vie pour une de ces bouteilles. Alors je lui en ramène deux ! »

Quiz

Qu'est-ce que des subprimes ?

A. Une nouvelle prime que viennent d'obtenir les cheminots de Saint-Lazare.
B. Une prime pour les employés insubordonnés.
C. Des crédits immobiliers à risque.

(Réponse : C.)

La différence

Quelle est la différence entre un pigeon et un banquier d'affaires ? Le pigeon peut encore faire un dépôt sur une Ferrari.

Pas faux

« Un homme qui a réussi est un homme qui gagne plus que ce que sa femme peut dépenser. Une femme qui a réussi est une femme qui a trouvé cet homme. »

100% VRAI

Et en plus, c'est vrai

En France, c'est la crise. Il y a un peu d'inflation, mais il y a pire. Le Zimbabwe vient de mettre en circulation un billet de 100 000 milliards de dollars zimbabwéens pour contrer la pénurie d'argent liquide dans un contexte de folle inflation. Le billet de 100 000 000 000 000 zim dollars vaut à peu près 30 dollars américains au marché noir, où se concentrent la plupart des échanges. Mais le cours de la devise nationale s'effrite chaque jour un peu plus…

Pouvoir d'achat

Une secrétaire blonde dit à son directeur :
« Monsieur le directeur, je trouve que mon salaire n'est pas en rapport avec mes capacités !
— Je le sais bien, ma pauvre petite, lui répond son directeur. Mais nous ne pouvons tout de même pas vous laisser crever de faim… »

Économie d'énergie

Un homme dit à sa femme :
« Chérie !… mets ton manteau !
— C'est pas possible ! On sort ce soir ? !
— Non ! Je coupe le chauffage ! »

Quiz

Comment appelle-t-on le jeudi de 1929 lors duquel la Bourse s'est effondrée ?

A. Il faudrait demander à Régine, elle avait déjà 30 ans à l'époque.
B. Le « retour du jeudi ». D'ailleurs, George Lucas en a fait un film très sympa.
C. Le jeudi noir.

(Réponse : C.)

Une nuit au ministère

Une nuit, Christine Lagarde, la ministre de l'Économie, surprend un cambrioleur au ministère.
Elle lui demande :
« Qu'est-ce que vous cherchez ?
– De l'argent !
– Bonne idée ! Je cherche avec vous. »

Moquons-nous de ceux qui ont encore un métier : les avocats

Un homme demande à un avocat américain :
« Quel est le montant de vos honoraires ?
— C'est 200 dollars pour trois questions, lui répond l'avocat.
— 200 dollars ! Quand même, vous ne trouvez pas ça un peu excessif ?
— Si, un peu. Quelle est votre troisième question ? »

« Votre mari est avocat dans quel secteur, madame ?
— Il est avocat criminel.
— Oui, d'accord, ça tombe sous le sens. Mais dans quel secteur exerce-t-il son métier ? »

En temps de crise, l'art de la négociation salariale est primordial

Une femme de ménage demande une augmentation de ses gages à sa patronne, qui s'en étonne :
« Mais pourquoi, diable, devrais-je vous payer davantage ?
— Mais… parce que je repasse mieux que vous, madame. C'est monsieur qui l'a dit.
— Ah oui, vraiment ?
— Oui, monsieur dit aussi que je cuisine bien mieux que vous.
— Ça alors, il a dit ça ?
— De plus, je baise beaucoup mieux que vous.
— C'est encore monsieur qui vous a dit ça ? demande la patronne, rouge de colère.
— Non madame, c'est le jardinier.
— C'est d'accord pour votre augmentation. »

Dilemme

Si un banquier et un agent du fisc étaient en train de se noyer devant vos yeux et que vous ne pouviez en sauver qu'un seul sur les deux, vous iriez prendre un verre ou vous choisiriez de lire le journal ?

Qui a déclaré… ?

« Est-ce que j'ai une tête à être copine avec Bernard Tapie ? »

A. Christine Lagarde, à propos de l'arbitrage rendu dans l'affaire du Crédit lyonnais.
B. Paris Hilton, après que Nanard l'a invitée à prendre un verre.
C. DSK, qui était très excité ce soir-là.

(Réponse : A.)

En 2010, faites aussi des économies sur votre budget familial

– Vos enfants veulent passer un week-end à Disneyland. Envoyez-les plutôt chez leur grand-mère. Ça reviendra un peu au même. Depuis qu'elle a Alzheimer, mémé, elle est complètement dingo.
Économie réalisée : .... €.

– Coupez vous-même les cheveux de votre femme. Ça ne doit pas être si compliqué que ça, non ?
Économie réalisée : .... €.

– Votre fils vous tanne pour avoir une nouvelle console de jeux. Dites non à la Wii.
Économie réalisée : .... €.

– Revendez la voiture de votre femme. C'est ridicule, elle ne travaille qu'à 10 kilomètres de la maison. Cela vous permettra également de supprimer son abonnement à son club de gym.
Économie réalisée : .... €.

Témoignage

« Ma femme et moi, on se tient toujours la main.
Si je la lâche, elle va faire du shopping. »

Définition

Un économiste est quelqu'un qui n'a pas assez de personnalité pour être un consultant.

Sortez de votre chapeau magique une solution pour arrêter la crise économique

Au pire, si vous sortez un lapin, je vous conseille la recette du lapin au chou et aux cèpes que réussissait très bien ma grand-mère.

Pour 4 personnes :
Faites revenir 4 tranches de lard frais avec couenne pendant deux minutes. Mettre le lapin, saler et poivrer. Laissez cuire dix minutes environ. Ajoutez les cèpes, un chou et un grand verre de vin blanc. Laissez cuire à couvert une bonne demi-heure…

100% VRAI

Et en plus, c'est vrai

Attention, vos billets ont peut-être la grippe !
Un article publié dans la revue Microbiologie environnementale appliquée révèle que des virus, tels que celui de la grippe, peuvent se transmettre par les billets de banque.
Dans le monde, des millions de billets de banque sont échangés chaque jour, passant de main sale en main sale.
L'étude, « Survival of influenza virus on banknotes », a consisté à contaminer un échantillon de billets de banque avec le virus de la grippe et de tester sa survie dans le temps.
Trois jours après, le virus de la grippe a été retrouvé intact sur le billet. Il pourrait même survivre près de dix-sept jours.
Un conseil : faites-vous payer en chèques. Surtout en hiver.

Le saviez-vous ?

Savez-vous pourquoi les fonctionnaires font leurs manifs en défilant de République à la Bastille ?
Parce que c'est en descente.

Le pire, c'est que c'est vrai !

Sachez, messieurs, que non seulement vous allez perdre de l'argent, votre travail et probablement votre maison cette année, mais il y a pire : la crise financière fait aussi chuter la libido.
En Grande-Bretagne, un sondage effectué par le journal Metro a révélé que 17 % des couples interrogés estiment probable leur séparation en 2009.
Contrairement aux apparences, le couple ne sera pas une valeur refuge pour pallier l'insécurité économique.
11 % des couples anglais déclarent se disputer davantage depuis que l'immobilier américain s'est effondré.
Pire encore : des chercheurs de l'université de Newcastle nous apprennent que les femmes ont plus d'orgasmes avec les hommes qui ne connaissent pas de difficultés financières.
Plus un homme est riche, plus la femme serait épanouie sexuellement. Selon ces chercheurs, les femmes considéreraient inconsciemment les hommes riches comme des chasseurs, des hommes forts dont le patrimoine génétique est imaginé meilleur pour la reproduction.

Le pire, c'est que c'est vrai !

Une idée de troc pendant la crise.
La police de Greenfield, en Californie, a arrêté un Mexicain de 36 ans accusé d'avoir échangé sa fille de 14 ans contre 100 caisses de bière et de la viande.
Le père indigne s'est fait coffrer en venant déposer une plainte contre l'acheteur de sa fille, qui ne lui aurait pas donné le nombre de caisses de bière promises.

Pour survivre au bureau en 2010, suivez les règles du parfait faux derche

Règle n° 1. Le chef a raison.
Règle n° 2. Le chef a toujours raison.
Règle n° 3. Même si un subalterne a raison, les deux premières règles s'appliquent.
Règle n° 4. Le chef ne dort pas : il se repose.
Règle n° 5. Le chef ne boit pas : il déguste un grand vin.
Règle n° 6. Le chef n'est jamais en retard ; il a été retenu quelque part.
Règle n° 7. Le chef ne prend jamais de liberté avec sa secrétaire ; il fait son éducation.
Règle n° 8. Le chef ne quitte jamais son service : il a une réunion à l'extérieur.
Règle n° 9. Le chef ne lit jamais son journal pendant le service : il s'informe, il fait de l'intelligence économique.
Règle n° 10. Le chef a le droit d'être de mauvaise humeur et d'insulter ses subalternes car c'est dû à son stress de chef.
Règle n° 11. On entre dans le bureau du chef avec ses idées personnelles, on en ressort avec les idées du chef.
Règle n° 12. Plus on critique le chef, moins on a de primes.
Règle n° 13. Ne jamais oublier que le chef est obligé de penser pour tout le monde.
Règle n° 14. Seul le chef a une vision globale de l'entreprise.
Règle n° 15. Si vous avez un doute, conformez-vous à la règle n° 1 !

CITATIONS DE STARS:

TRISTAN BERNARD

« L'argent n'a pas d'odeur, mais à partir d'un million il commence à se faire sentir. »

MICHEL AUDIARD

« Quand on parle pognon, à partir d'un certain chiffre, tout le monde écoute. »

MIKE TYSON

« Je préfère être le premier et n'avoir rien dans les poches qu'être riche et d'avoir la deuxième place. »

ARISTOTE ONASSIS

« Si les femmes n'existaient pas, tout l'argent du monde ne servirait à rien. »

EDDIE MURPHY

« Je ne peux pas me marier. Je suis trop riche pour ça. »

ANDY WARHOL

« Gagner de l'argent est un art, travailler est un art et faire de bonnes affaires est le plus bel art qui soit. »

JEAN YANNE

« L'argent ne fait pas le bonheur des convoyeurs de fonds. »

PHILIPPE BOUVARD

« Il n'y a que l'argent qui aide à oublier qu'on n'est pas riche. »

EDITH CRESSON.

« La Bourse, j'en ai rien à cirer. »

ÉTIENNE REY,
MAXIMES MORALES ET IMMORALES

« On appelle famille un groupe d'individus unis par le sang et brouillés par des questions d'argent. »

RAYMOND DEVOS

« L'intellectuel dont la richesse est toute intérieure n'a rien à craindre du percepteur qui voudrait le taxer sur ses signes extérieurs de richesse. »

DANIEL PENNAC

« Les lions sont comme les riches, ils laissent toujours quelque chose. »

5 raisons qui vous poussent à investir dans la « green économie »

1. Rien que pour voir la tête de vos voisins lorsqu'ils découvriront des éoliennes dans votre jardin.

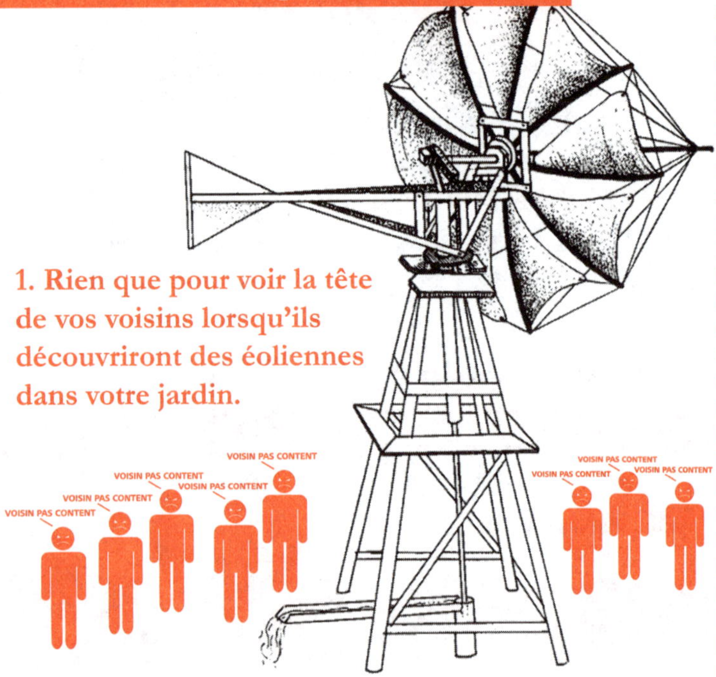

2. Vous êtes pour le recyclage. Vous avez changé votre vieille femme contre une toute neuve qui consomme moins.

3. Vous êtes contre le nucléaire. C'est pourquoi vous refusez de payer vos factures d'électricité.

4. Vous avez fait incinérer votre belle-mère et avez jeté ses cendres dans votre jardin pour en faire un engrais 100 % naturel.

5. Vous ne prenez jamais de bain ni de douche, vous n'utilisez aucun déodorant, ce qui est très bien pour la planète et vos économies, mais assez moyen – il faut le reconnaître – pour vous faire de nouveaux amis.

5 façons de faire travailler votre argent

1. Votre argent n'a qu'à devenir horloger. Le temps, c'est de l'argent.

2. Faites-le travailler chez Séphora. C'est bien connu, l'argent n'a pas d'odeur.

3. Trouvez-lui un travail comme barman (surtout pour remuer votre argent liquide).

4. Vous pouvez également faire travailler votre argent dans une crémerie. Pour avoir le beurre et l'argent du beurre.

5. Ou bien le faire travailler dans une blanchisserie (surtout si vous possédez de l'argent sale).

5 destinations préférées de nos hommes d'affaires qui ne connaissent pas la crise

1. L'île de Man, charmant petit îlot situé en mer d'Irlande. L'île de Man est le seul territoire au mond à ne pas avoir de limitations de vitesse sur les routes nationales. C'est probablement ce qui pousse nos amis les riches à y séjourner. Ça ou le régime d'impô très favorable aux entreprises.

2. Les îles Caïman, îles paradisiaques à l'ouest des Caraïbes, où il fait bon se prélasser sur une plage de sable fin ou dans le bureau de son banquier. Car les îles Caïman n'ont pas d'impôt sur les sociétés.

3. Le Luxembourg, célèbre pour ses murs gris, son temps glacial, son musée national d'Histoire militair et son secret bancaire.

4. Le Liberia. Ah ! le Liberia... charmant petit pays d'Afrique de l'Ouest réputé pour ses guerres civiles, ses rébellions armées, ses massacres... et un paradis fiscal dont l'une des particularités est de ne jamais faire apparaître le nom des personnes physiques sur ses registres du commerce.

5. Saint-Barthélemy, Saint-Barth pour les initiés et pour les délits d'initiés. Charmante petite île des Antilles avec ses plages de qualité – où je me retirera lorsque j'aurais vendu assez d'exemplaires de ce livre...

5 faits qui prouvent que votre entreprise vient d'être délocalisée

1. Dehors, il fait 35 degrés. Ce qui est beaucoup, surtout pour un mois de janvier.

2. Votre nouveau collègue de travail est beaucoup plus petit que vous. En même temps, il a à peine 8 ans.

3. Votre patron vous affirme qu'avec 20 dollars par mois, on vit très bien.

4. Les syndicats de votre entreprise sont… sont… mais où sont-ils ?

5. Votre société vient enfin de passer aux 35 heures en deux jours.

5 conseils pour mieux vivre au bureau

1. Ne jamais reporter à demain ce que l'on peut éviter de faire le jour même.

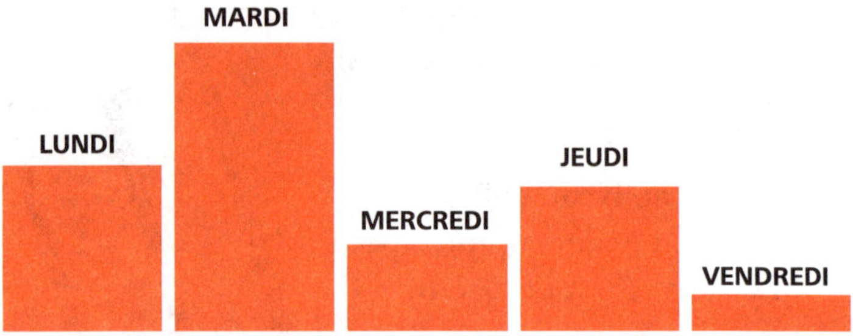

2. Vous devez vous donner à 100 % dans votre travail. 23 % le lundi, 40 % le mardi, 12 % le mercredi, 20 % le jeudi et 5 % le vendredi.

3. Faites semblant de travailler, ils font bien semblant de vous payer.

4. Plagier fait gagner un temps fou !

5. Un travail d'équipe permet de ne pas être entièrement responsable des échecs.

5 crises pires que la crise financière

1. Les crises de foie.

2. Les crises de foi (très gênantes lorsque l'on travaille au Vatican).

3. Les crises de nerfs (surtout celles de Samy Naceri).

4. Les Christophe Mahé (surtout son dernier album).

5. Les crises cardiaques.

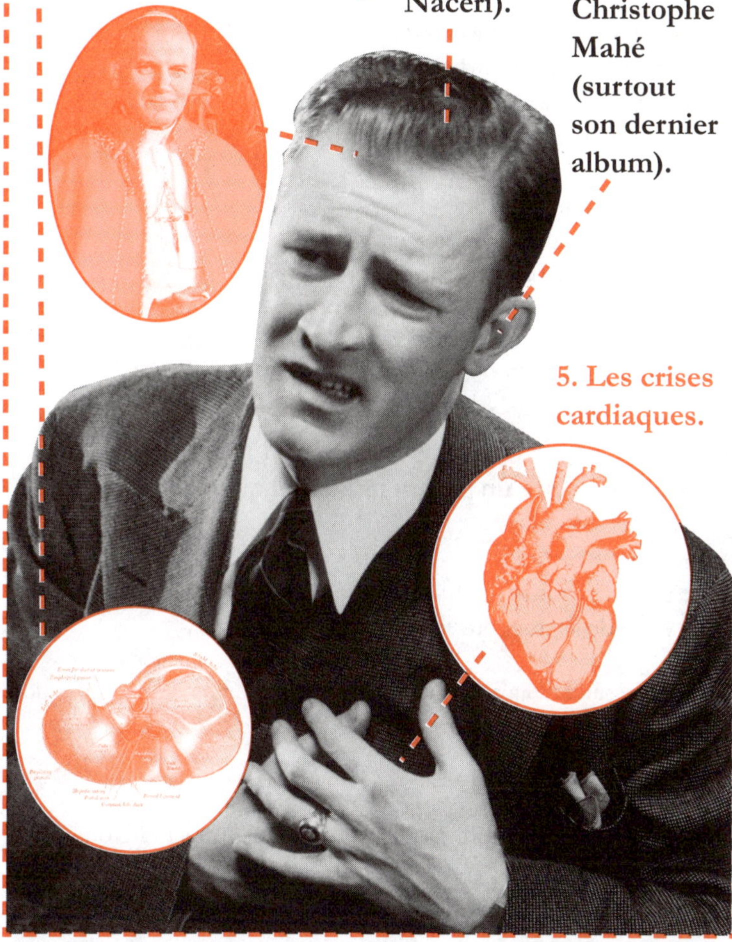

Nostradamus avait prévu la crise économique de 2009

Voici un extrait des prophéties du grand maître :
« VIII 41
Esleu sera Renad ne sonnant mot,
Faisant le saint public viuant pain d'orge,
Tyrannizer apres tant à vn cop,
Mettant à pied des plus grands sur la gorge. »

Esleu sera renad ne sonnant mot :
« Lorsque le renard sortira du bois de Wall Street »
Faisant le saint public viuant pain d'orge :
« Le pain viendra à manquer »
Tyrannizer apres tant à vn cop :
« La tyrannie des marchés financiers »
Mettant à pied des plus grands sur la gorge :
« Bernard Madoff vous piquera tout votre argent. »

Stupéfiant, non ?

Qui a déclaré… ?

« Je suis fier d'être un patron industriel qui délocalise. »

A. Guillaume Sarkozy.
B. Le père de l'enfant de Rachida Dati.
C. Le frère de l'actuel président de la République.

(Réponse A et C. Le service juridique de notre cher éditeur nous a fortement déconseillé de choisir la réponse B.)

Conseil

Ne jamais parler d'argent à quelqu'un qui est plus riche que vous, ou plus pauvre.

Bercy

Un car rempli de touristes japonais, appareils photo autour du cou, passe devant Bercy.
Un des touristes demande au guide de quoi il s'agit.
« Eh bien, c'est le ministère de l'Économie. C'est un de nos plus grands centres de fonction publique en France.
— Ah ! Et combien de personnes travaillent là-dedans ? demande le Japonais.
— Pas plus de 5 %. »

100% VRAI

Le pire, c'est que c'est vrai !

Une société de crédit vient d'embaucher une sorcière !
Une compagnie du crédit lituanienne vient, en effet, d'embaucher une femme réputée pour ses « compétences magiques. »
Cette femme, qui était très célèbre dans toute l'URSS dans les années 1980, affirme pouvoir, entre autres, prédire l'avenir avec certitude.
Le porte-parole de la compagnie de crédit explique que la nouvelle employée aura pour rôle, au sein de la société, de comprendre la situation des endettés et de réfléchir aux solutions à apporter.
Je lis dans ma boule de cristal que M. Slubinsky ne pourra pas rembourser ses dettes.
À quand un vampire à la tête de la direction des impôts ?

Pourquoi ?

Pourquoi Dieu a-t-il créé les journalistes financiers ?
Pour rendre plus crédibles les prévisionnistes de la météo.

Point météo

Climat social pour 2010 : orageux.

Les millionnaires du dimanche

Un homme demande à Dieu :
« Dieu, je peux te poser une question ?
— Oui, bien sûr.
— Qu'est-ce qu'un million d'années pour toi ?
— Pour moi, c'est juste une seconde.
— Et qu'est-ce que 1 million d'euros pour toi ?
— C'est comme une pièce de 10 centimes.
— Tu n'aurais pas 10 centimes pour moi ?
— Si, bien sûr, attends une seconde. »

100% VRAI

Le pire, c'est que c'est vrai !

En Argentine, les bonbons remplacent les pesos.
Le pays est, depuis 2007, en proie à une forte inflation ayant pour conséquence la disparition des petites pièces de monnaie, devenues inutiles car ne valant plus rien.
Beaucoup de commerçants de Buenos-Aires en sont donc réduits à rendre la petite monnaie en bonbons. Vous pouvez donc acheter un ticket de bus, aller au kiosque ou chez votre boucher et repartir avec des bonbons en guise de monnaie. 80 % des Argentins seraient même prêts à les accepter, selon un sondage réalisé par TNS Gallup. Je suis sûr que cette idée plaira beaucoup aux enfants et aux dentistes, qui ne vont pas connaître la crise en Argentine.

Dites-le à vos collègues

« Je dois être proctologue, parce que je ne travaille qu'avec des trous du cul. »

Interview

Voici en exclusivité, la vraie interview de M. Dominique Strauss-Khan, le président du FMI.

Dominique Strauss-Kahn, on le rappelle, est l'un des anciens ministres de l'Économie les plus torrides qu'ait connus la France depuis Raymond Barre et Antoine Pinay.
Auteur : Bonjour, M. Strauss-Khan.
DSK : Bonjour, mademoiselle.
Auteur : Non, moi, c'est monsieur.
DSK : Ah, pardon, dommage.
Auteur : Oui, dommage. M. Strauss-Khan, comment le FMI peut-il influer sur cette crise financière et économique ?
DSK : Vous avez une sœur ?
Auteur : Non, quel est le rapport ?
DSK : Non, rien. Et une secrétaire, vous en avez une ? Moi, je n'y ai plus le droit.
Auteur : Non pas de secrétaire non plus. Peut-on revenir à notre sujet principal ?
DSK : Mais bien sûr, je suis là pour ça. Et une cousine, vous avez bien une cousine ?
Auteur : NON, je disais donc... le FMI ?
DSK : Une tante ou une grand-mère ? Non, c'est quand même incroyable, ça !
Auteur : Merci, M. Strauss-Khan, de nous avoir éclairés sur cette crise financière sans précédent.

Suisse pauvre ?

Quelle est la différence entre un Suisse pauvre et un Suisse riche ?
Le Suisse pauvre doit laver sa BMW lui-même !

Pour sortir de la crise, qui faut-il nommer au ministère de l'Economie ?

– **David Copperfield.** Pour qu'il fasse disparaître la récession.
– **Gad Elmaleh.** Bon, il n'y connaît rien en économie, mais au moins, on se marrera.
– **Jérôme Kerviel.** Il a bien réussi à évaporer 5 milliards en une semaine. Si on lui laisse six mois, peut-être pourra-t-il faire disparaître la dette de l'État.
– **Alain Afflelou.** Parce qu'il faut être complément fou pour accepter un poste pareil en 2010.
– **Casimir.** Parce que c'est un monstre gentil et qu'avec lui, c'est le paradis.
– **Rocco Siffredi.** Parce quitte à se faire enc…, autant que ce soit profond.

Quiz

Pourquoi le principal indice boursier de la place parisienne s'appelle le CAC 40 ?

A. Parce qu'il perd 40 % de sa valeur tous les ans.
B. Parce qu'il est composé des 40 plus grosses valeurs de la Bourse de Paris.
C. Parce que CRAC 40, ça n'aurait pas donné tellement confiance comme nom.

(Réponse B.)

Témoignage

« Le lundi est une façon affreuse de passer un septième de sa vie. »

Une bonne idée pour faire des économies

Un homme fait ses courses dans un supermarché pour acheter de la lessive. Après quelques minutes, il s'aperçoit qu'il est suivi par une vieille dame.
Celle-ci s'approche de lui :
« Bonjour monsieur, je suis vraiment désolée de vous importuner pendant vos courses, mais vous me rappelez tellement mon fils décédé ! Je ne veux pas vous mettre mal à l'aise, mais est-ce que je peux vous demander un service ?
— Mais bien sûr, madame.
— Voilà, mon fils est mort dans des conditions tragiques et je n'ai pas pu lui dire au revoir. Est-ce que vous pourriez me dire : "Au revoir maman ?" Ça me ferait tellement de bien, si vous saviez... »
L'homme, très ému par la petite vieille, accède à sa demande et dit, la larme à l'œil :
« Au revoir, maman. »
Tout heureuse, la petite vieille quitte le magasin, et notre homme passe à la caisse du supermarché avec son baril de lessive.
« Ça vous fera 254 euros, monsieur, lui dit la caissière.
— Quoi ? 254 euros pour un baril de lessive ! ?
— Votre mère nous a dit que vous paieriez aussi ses courses. »

Femme d'économiste

« Je pense que je vais quitter mon mari, dit une femme d'économiste. Tout ce qu'il fait, c'est se mettre au bord du lit et me dire : "Ô, combien ça va être bon !" »

Contrôle fiscal

Un jeune inspecteur des impôts, ambitieux et tatillon, est envoyé à la grande synagogue de Paris pour un contrôle fiscal.

Le jeune fonctionnaire est impitoyable. Il pose de nombreuses questions au rabbin :
« Que faites-vous des restes de cire et de bougies ?
— Eh bien, nous les renvoyons à notre fournisseur qui, une fois l'an, nous offre un paquet de bougies.
— Très bien. Et les restes de pain azyme, toutes ces miettes qui traînent là, vous en faites quoi ?
— Mais, la même chose ! Nous les expédions à notre boulanger qui, une fois l'an, nous donne gratuitement quelques pains supplémentaires. »
Moqueur, l'inspecteur ajoute :
« Dites-moi, rabbin, et ce qui reste des circoncisions… toutes ces petites peaux de phallus… vous en faites quoi ? »
Placide, le rabbin répond :
« Eh bien, comme pour le reste, nous les envoyons aux impôts et, une fois l'an, ils nous envoient un gland. »

Qui a déclaré… ?

« Tout est pour le mieux dans le meilleur des mondes » ?

A. Pangloss dans Candide, de Voltaire.
B. Nicolas Sarkozy après avoir fumé un joint avec son nouvel ami Doc Gynéco.
C. Mon courtier en Bourse, sur la route de l'aéroport, en direction de Caracas.

(Réponse A.)

À la banque

Un homme entre dans une banque et dit à la guichetière :
« Salut, Je voudrais ouvrir un putain de compte dans ta saloperie de banque…
— Je vous demande pardon ? répond l’employée, très en colère.
— Écoute-moi, poupée, tu es complètement bouchée ou tu es idiote ? Je te dis que je voudrais ouvrir un putain de compte dans ta saloperie de banque…
— Mais enfin, monsieur, restez correct…
— Tu me cherches, pouffiasse, tu veux mon poing dans ta gueule de mocheté ?
— Monsieur, je vais appeler le directeur…
— C’est ça, petite conne, appelle ton putain de directeur… »
Le directeur arrive :
« Monsieur, vous avez un problème ?
— J’en sais rien, mon gros, je veux ouvrir un putain de compte dans ta saloperie de banque parce que j’ai touché un putain d’héritage de 1 milliard d’euros ! »
Et le directeur répond :
— « Et cette connasse te fait chier ? ! »

Vengez-vous !

À cause d’eux, l’Occident est entré dans une crise financière et économique sans précédent.
Vengez-vous, MANGEZ DES FINANCIERS.

Les 2 commandements de l’économie

Loi n° 1 : Pour chaque économiste, il existera un autre économiste pensant le contraire.
Loi n° 2 : Les deux auront tort.

Vous aussi, introduisez votre famille en Bourse

« Cela vous permettra d'accroître la notoriété de votre famille, vous apportera des liquidités importantes pour développer votre foyer et, bien sûr, cela vous permettra de mieux recruter.

Quelques conseils avant d'introduire votre famille en Bourse :
Il faudra d'abord donner des gages au marché, se désendetter, assainir les finances de votre entreprise/bercail, en pratiquant un ou deux licenciements. Renvoyez par exemple votre petite dernière, la petite Chloé, elle a beau être toute mignonne avec son grand sourire et ses petites boucles blondes, elle n'a que 2 ans et ne pourra rapporter de l'argent au foyer que dans seize ans, au minimum. Ce qui n'est absolument pas rentable compte tenu de l'accélération du temps économique dans notre société.
Pensez également fusion. Votre budget familial est trop faible pour intéresser les marchés ? Fusionnez donc avec la famille Roterman, qui vit au bout de la rue. Ils viennent de s'acheter un 4X4 et un écran plasma. C'est qu'ils doivent avoir de l'argent de côté.
Choisissez ensuite votre marché : Euronext, Nasdaq, Rungis, la bourse de Shanghai… et jetez-vous à l'eau.
Je suis persuadé que la valeur Durand/Roterman sera une des introductions les plus réussies de 2010. »

(C'était un communiqué de l'Association des boursicoteurs de l'hôpital Sainte-Anne à Paris, chambre 307.)

Définition du consultant

Tout est dit en une phrase :
« Je ne travaille pas ici. Je suis un consultant. »

DRH

Un DRH convoque dans son bureau une employée récemment engagée :
« Mademoiselle, j'ai un point à éclaircir avec vous ! hurle le DRH. Lorsque je vous ai engagée, vous m'aviez affirmé avoir cinq ans d'expérience dans ce type de poste, et je viens d'apprendre que c'est votre premier emploi !
— Oui, mais votre annonce disait également que vous vouliez quelqu'un d'imaginatif. »

Conseil d'administration

Un pdg à son conseil d'administration :
« Maintenant que vous avez entendu mes arguments, votez ! Que ceux qui ne sont pas d'accord avec mon plan lèvent la main droite et disent : "Je démissionne." »

Le travail, c'est la santé...

Deux amis discutent :
« Depuis combien de temps travailles-tu dans cette entreprise ?
— Depuis qu'ils ont menacé de me virer. »

Conseil d'administration

Quand des ouvriers discutent, ils parlent de football.
Quand des cadres discutent, ils parlent de tennis.
Quand des pdg discutent, ils parlent de golf.
Conclusion : plus haut vous êtes dans l'organigramme, plus petites sont les boules.

Définition

Les conseils d'administration ressemblent un peu aux chaises musicales, sauf que, lorsque la musique s'arrête, ils rajoutent une chaise.

Votre nouvel emploi du temps depuis le début de la crise

• 7 h 15 • Réveil après une nuit presque blanche.
• 7 h 25 • Douche sans eau. Elle a été coupée après votre dernière facture impayée.
• 7 h 35 • Vérification de votre compte en banque.
• 7 h 36 à 8 h 20 • Panique.
• 8 h 30 • Vous arrivez à votre travail.
• 8 h 31 • Vous réalisez que votre entreprise vient de déménager en Roumanie.
• 8 h 32 à 9 h 52 • Panique.
• 10 h 15 • Vous allez à l'ANPE.
• 11 h 15 • Vous ne trouvez plus l'ANPE.
• 12 h 30 • Vous réalisez que maintenant, l'ANPE s'appelle le Pôle emploi.
• 12 h 45 • Le Pôle emploi est fermé. C'est la pause-déjeuner de midi à 15 heures.
• 15 h 58 • Après une heure de queue, l'employé vous dit qu'il ferme à 16 heures, qu'il est trop tard et qu'il faut revenir le lendemain.
• 18 h 00 • Vous regardez « La Roue de la fortune » avec votre femme et votre fille, qui sont… mais où sont-elles ? Ah oui, c'est vrai, elles vous ont quitté hier.
• 20 h 00 • Pâtes au beurre en regardant la vie des riches sur « Saga ».
• 22 h 00 • Début de la nuit blanche.

100% VRAI

Et en plus, c'est vrai !

– Il y a un an, si vous aviez acheté pour 1 000 dollars d'actions Delta Air Lines, il ne vous resterait que 49 dollars.
– Il y a un an, si vous aviez acheté pour 1 000 dollars de Fannie Mae, il vous resterait 2,50 $ en poche. Et avec des actions AIG, seulement 15 dollars.
– Mais si vous aviez investi 1 000 $ dans des cannettes de bière, non seulement vous auriez pu faire une fête d'enfer, mais en plus, vu la flambée du prix de l'aluminium, vous auriez pu récupérer 50 dollars en recyclant les cannettes.

Les meilleurs placements ne sont pas toujours ceux que l'on croit.

Définition

Un investissement à long terme est un investissement à court terme qui a échoué.

Témoignage

La Bourse est peut-être en plein crash, ça ne m'a pas empêché de dormir comme un bébé cette nuit. Je me suis réveillé toutes les heures en pleurant.

La vérité sort de la bouche des enfants

Une maîtresse demande à un de ses élèves
« Qu'est-ce qu'il fait comme métier, ton père ?
— Mon papa, il est chasseur.
— Chasseur ? répond la maîtresse un peu surprise. Je croyais qu'il était banquier ?
— Non, il est chasseur. À chaque fois que je vais le voir à son bureau, il dit à ses collègues qu'il vient de trouver un nouveau pigeon. »

Aux portes du paradis

Un trader vient de mourir et arrive aux portes du paradis devant Saint-Pierre, qui lui dit :
« Qui êtes-vous ? Pourquoi pensez-vous mériter d'entrer au paradis ?
— Moi, je suis Joe Cohen. J'étais trader à Wall Street. Sans me vanter, un des meilleurs traders du pays ! »
Saint-Pierre consulte sa liste et lui dit en souriant :
« Très bien, vous pouvez entrer. Prenez cette robe en or et entrez au paradis. »
Un prêtre arrive ensuite devant Saint-Pierre.
« Je suis prêtre depuis près de cinquante ans dans la même paroisse. J'ai donné ma vie à Dieu et à l'Église. »
Saint-Pierre fait la moue et dit au prêtre :
« Ça va pour cette fois, vous pouvez entrer. Voici une robe de bure.
— Quoi ? Une robe de bure pour un homme qui a été prêtre toute sa vie alors que vous venez d'accueillir un vulgaire trader les bras ouverts !
— C'est normal, lui répond Saint-Pierre, pendant que tes ouailles dormaient lors de tes sermons, ses clients à lui étaient en train de prier. »

La Genèse

Au premier jour, Dieu créa le soleil. Pour se venger, Satan créa l'aube.
Au second jour, Dieu créa le sexe et le diable, le mariage.
Au troisième jour, Dieu créa les banquiers, alors Satan se trouva bien embêté. Il chercha toute la journée et après avoir bien réfléchi, Satan créa un autre banquier.

100% VRAI

Et en plus, c'est vrai !

Et ce n'est pas très rassurant.
Peer Steinbrück, le ministre allemand des Finances, tente de conjurer la crise… en jouant au loto.
C'est du moins ce qu'a révélé l'Handelsblatt, très sérieux journal économique allemand.
Comme des millions de ses concitoyens, le grand argentier allemand espère lui aussi décrocher le super-jackpot de 35 millions d'euros.
Dommage pour les Allemands, le ministre n'a pas l'intention de renflouer les caisses de l'État avec d'éventuels gains : une porte-parole du ministère a sèchement indiqué que la participation de son patron à la loterie était « une affaire purement privée ».
De toute façon, aussi coquette que soit la somme mise en jeu, elle ne pèse pas lourd face au déficit de 36,8 milliards d'euros que vient d'annoncer M. Steinbrück pour l'État allemand cette année.

Quiz

A. La Bourse.
B. Ou la vie ?

(Réponse B.)

Crisis ? What crisis ?
(La crise ? Quelle crise ?)
Supertramp, 1975.

Cahier d'exercices

Amis lecteurs, ~~j'espère~~ je suis certain que cette première partie vous a plu, qu'elle vous a ~~fait rire~~ pleinement informés de la situation économique du monde, mais il est un temps pour l'analyse et un temps pour l'action.

Ne subissez plus la crise, le monde n'évoluera pas sans vous. Vous pouvez le changer, Yes you can !

Dans ce cahier d'exercices, vous allez devenir le maître du jeu ! Comme Patrick Bruel pendant un poker, c'est vous qui avez les cartes en main (Patrick a un brelan, qu'avez-vous ?).

Je tiens à rassurer tous les lecteurs traumatisés comme moi par les cahiers de vacances de notre jeunesse. Ce cahier d'exercices n'a pas pour but de vous gâcher les vacances scolaires en vous faisant réviser votre programme de sixième, alors que vos amis sont partis s'amuser à la piscine, mais de vous défouler. Car *C'est la crise… de rire* est un livre participatif, à l'image de la campagne de Ségolène Royal (en espérant avoir plus de succès avec les lecteurs que Ségolène avec les électeurs).

Vous qui avez toujours rêvé d'avoir le C.V. d'un grand patron, vous à qui votre D.R-H refuse d'inclure un parachute doré dans votre contrat de travail, vous qui avez toujours voulu avoir votre paradis fiscal, vous qui chaque jour bouillez de rage en lisant les journaux économiques, vous qui rêvez de vous venger de votre banquier, ce cahier d'exercices est fait pour vous. Alors, munissez- vous de votre plus beau stylo (Montblanc pour les banquiers, Bic mâchouillé pour les chômeurs) et passez à l'attaque !

Chronologie de l'histoire de l'économie

0. Naissance de Jésus-Christ, le premier trader, capable de multiplier les pains et d'être vénéré quelques années avant d'être crucifié.

302. L'empereur romain Dioclétien introduit le système de budget annuel. C'est donc le premier État déficitaire de l'histoire de l'humanité.

1769. Début symbolique de la révolution industrielle. Et naissance de la chanteuse Régine.

1800. 18 janvier : décret créant la Banque de France.

1800. 19 janvier : première personne à être interdite bancaire par la Banque de France.

1863. 6 juillet : Henri Germain crée à Lyon le Crédit lyonnais et entre en conflit avec Robert Tapie, l'arrière-grand-père de Bernard.

1869. 17 novembre : inauguration du canal de Suez. Communion de Régine.

1894. 12 mars : la firme Coca-Cola met en vente ses premières bouteilles de boisson gazeuse sur le marché américain. S'il vous reste des bouteilles de mars 1894, ne les buvez surtout pas.

1908. 27 septembre : à Detroit, construction de la première Ford T, qui sera produite jusqu'en 1928. Pas aussi cool que la Renault Fuego GTI, quand même.

1920. Charles Ponzi invente l'escroquerie pyramidale et devient millionnaire en quelques semaines. Les investisseurs de 1920 étaient de vrais gogos. Pas comme maintenant.

1929. 24 octobre : krach de 1929 du New York Stock Exchange, qui entraîna une crise bancaire et précipita les États-Unis dans la grande Dépression.

1938. Richard Whitney, le patron de la Bourse de New York, se fait prendre la main dans la caisse.

1947. 5 juin : plan Marshall pour reconstruire la vieille Europe. Premier lifting pour la chanteuse Régine.

1952. 23 juillet : entrée en vigueur du traité instituant la Communauté européenne du charbon et de l'acier. Acte fondateur de la création de l'Europe. Philippe de Villiers a 3 ans et a boudé toute la journée.

1973. 17 octobre : premier choc pétrolier.

1977. 11 janvier : naissance de Jérôme Kerviel à Pont-l'Abbé.

1978. 8 septembre : émeutes à Téhéran, violemment réprimées. Début de la révolution iranienne. Début du deuxième choc pétrolier. Ça coûte cher de faire le plein de ma Renault Fuego.

1981. 12 août : lancement du premier PC d'IBM.

1981. 13 août : premier bug pour le PC d'IBM.

1989. 9 novembre : chute du mur de Berlin. Les communistes ont perdu, les capitalistes, pas encore.

1999. 1er janvier : introduction de l'euro. Philippe de Villiers continue à bouder.

1999. 31 décembre à minuit : pas de bug de l'an 2000. Régine réveillonne avec Philippe de Villiers et Jérôme Kerviel. Jésus n'a pas pu venir.

2000. Mars : sommet de la bulle Internet.

2001. 11 septembre : attaque terroriste à New York.

2008. Janvier : début de l'affaire Kerviel.

2008. Juin : Bernard Madoff réussit à voler les plus grosses fortunes mondiales avec une une escroquerie pyramidale, comme les gogos de 1920.

2009. Juin : Sortie de Rions pendant la crise, ouvrage ayant eu autant d'impact sur l'économie mondiale que le Da Vinci Code sur les ventes de soutane.

Vengez-vous des misères que
vous fait subir votre banquier.

Gribouillez-le !

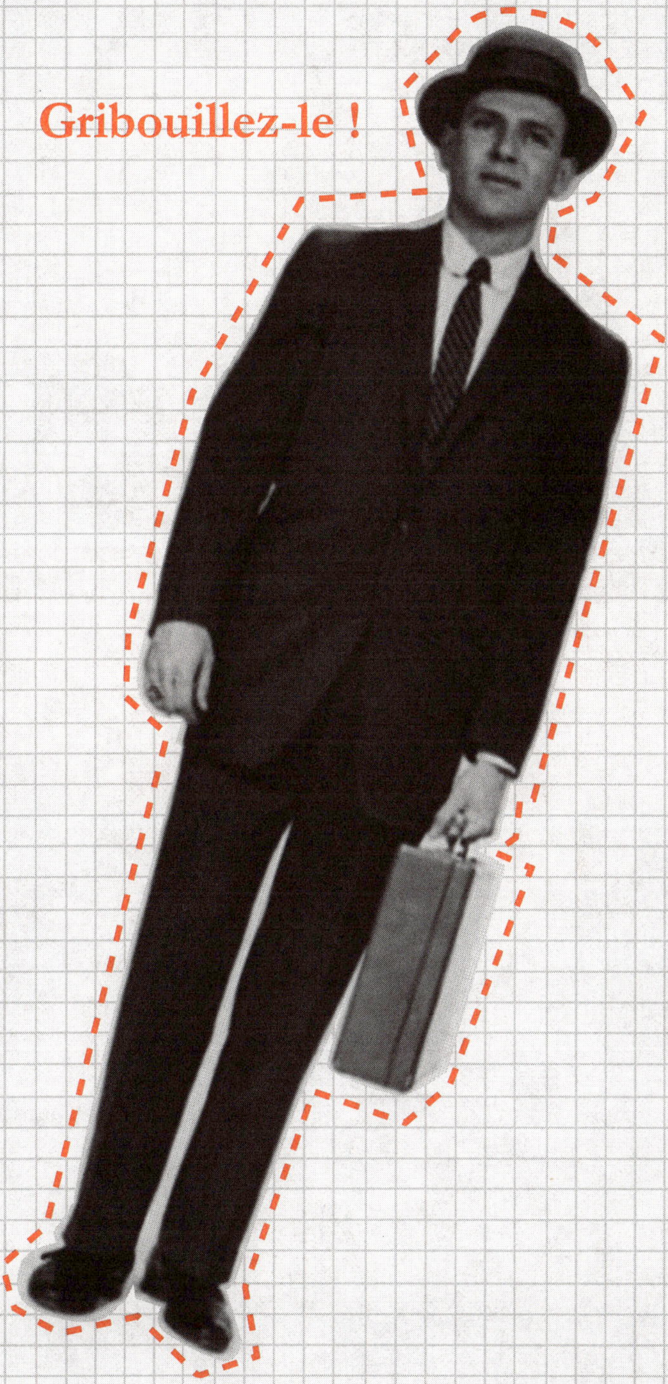

Copier 100 fois la phrase suivante:

Ce n'est pas le moment
de gifler mon chef de service

- Ce n'est pas le moment de gifler mon chef de service

Vous aussi,
faites exploser la bulle financière

Prenez une aiguille et percez-la :

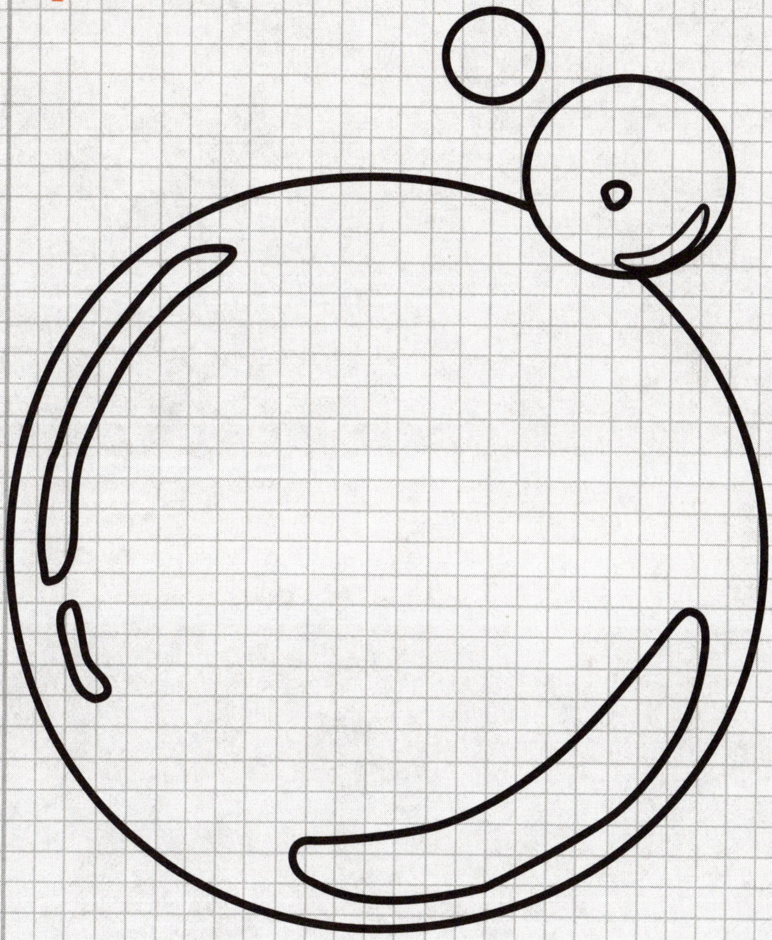

Vous aussi,
offrez-vous un parachute doré

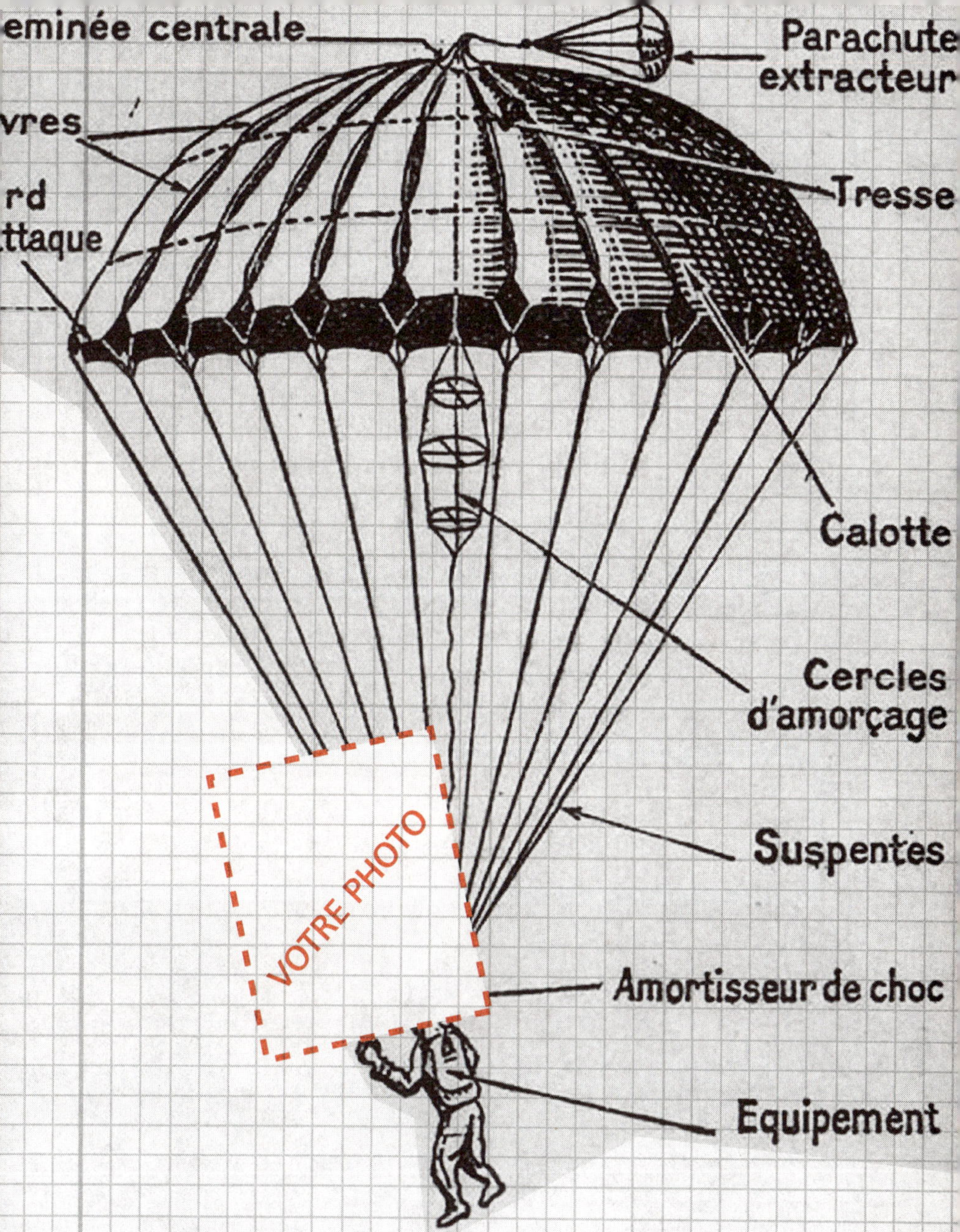
eminée centrale
Parachute extracteur
vres
Tresse
rd
ttaque
Calotte
Cercles d'amorçage
Suspentes
VOTRE PHOTO
Amortisseur de choc
Equipement

Vous aussi,
faites-vous un bouclier fiscal

Découpez-le et joignez-le à votre prochaine déclaration de revenus :

Écrivez de votre plus belle plume
une lettre d'adieu à vos RTT

Pensez à tous les bons moments que vous avez passés ensemble. C'est triste, mais c'est fini.

Très Chères RTT,

Créez, vous aussi, votre paradis fiscal

Dessinez une banque
sous les palmiers :

Qui a dit que la crise économique
était compliquée ?

Voici un petit croquis*
pour tout comprendre :

* Ah non, en fait je crois que
ce sont les plans du circuit électrique
de la villa de Johnny Hallyday

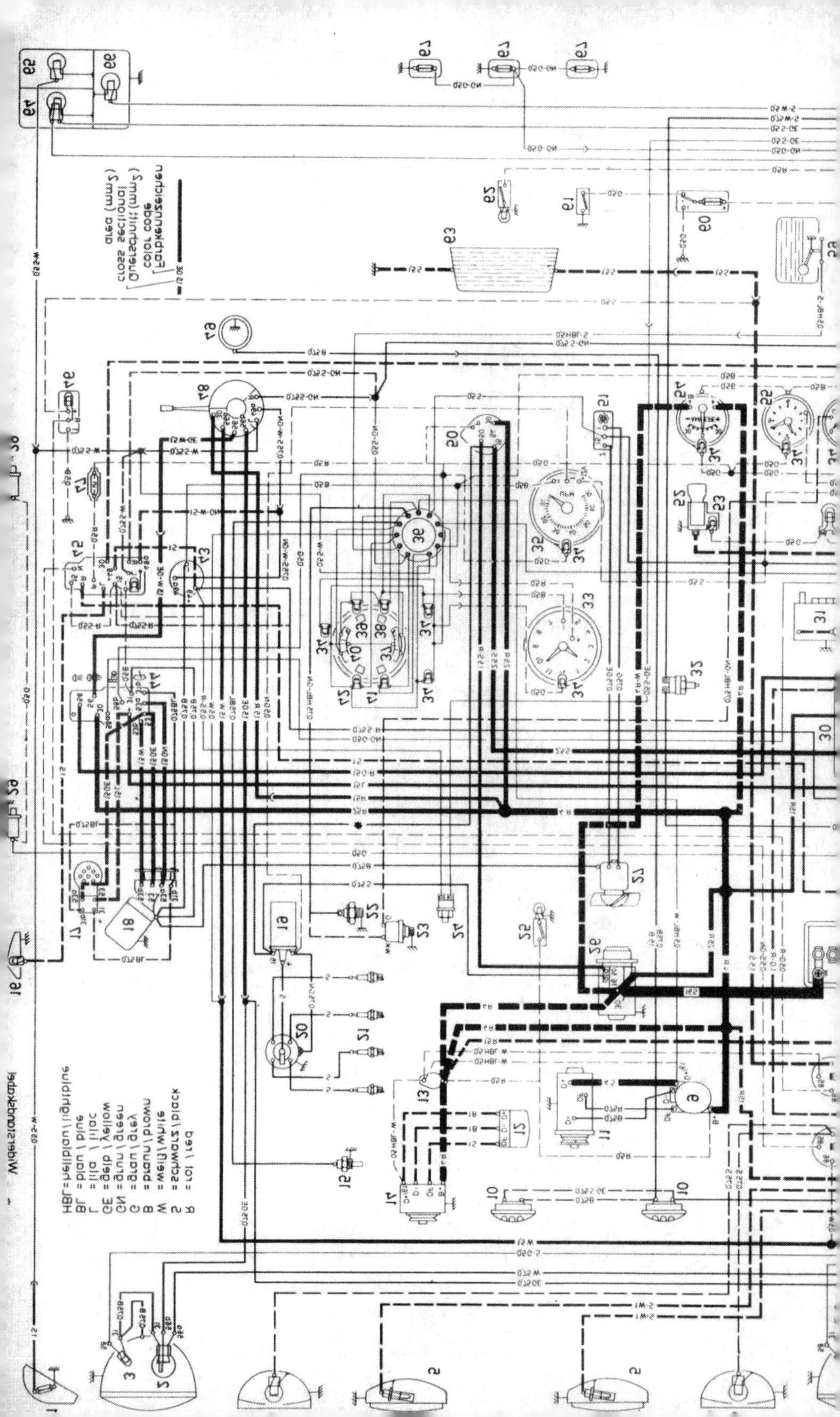
Widerstandskabel
HBL = hellblau / lightblue
BL = blau / blue
L = lila / lilac
GE = gelb / yellow
GN = grün / green
G = grau / grey
B = braun / brown
W = weiß / white
S = schwarz / black
R = rot / red
Querschnitt (mm2)
cross sectional area (mm2)
Farbkennzeichen
color code

Vous aussi,
faites un plan social dans votre société.

Barrez les personnes que vous désirez virer :

PHOTO DU PATRON

Ah, celui-là ! Toujours un cigare puant à la bouche bien que l'immeuble soit non fumeur, en plus, il ne se souvient jamais de mon prénom.

PHOTO DU DRH

Ancien parachutiste. Je suis sûr qu'il boit du sang au petit-déjeuner.

PHOTO DE CINDY

Secrétaire, 25 ans, blonde, carrossée comme une déesse, mais refuse toujours de danser un slow avec moi lors de la soirée annuelle de la société.

PHOTO DE JEAN-MARC

Le commercial. Toujours son téléphone vissé à l'oreille. Je n'ai aucune confiance en lui. Lorsqu'il me sert la main, je recompte systématiquement mes doigts.

PHOTO DE JOSIANE

Travaille à la cantine. Non seulement elle est moche, Josiane, mais en lus elle me donne systématiquement une plus petite assiette de frites qu'à mes collègues !

PHOTO DE LAURENT

Mon collègue de bureau. Je ne supporte plus son rire idiot lorsqu'il reçoit une vidéo cochonne sur Internet.

Une année de crise, ça passe vite

Comptons ensemble
le nombre de jours avant fin 2010.

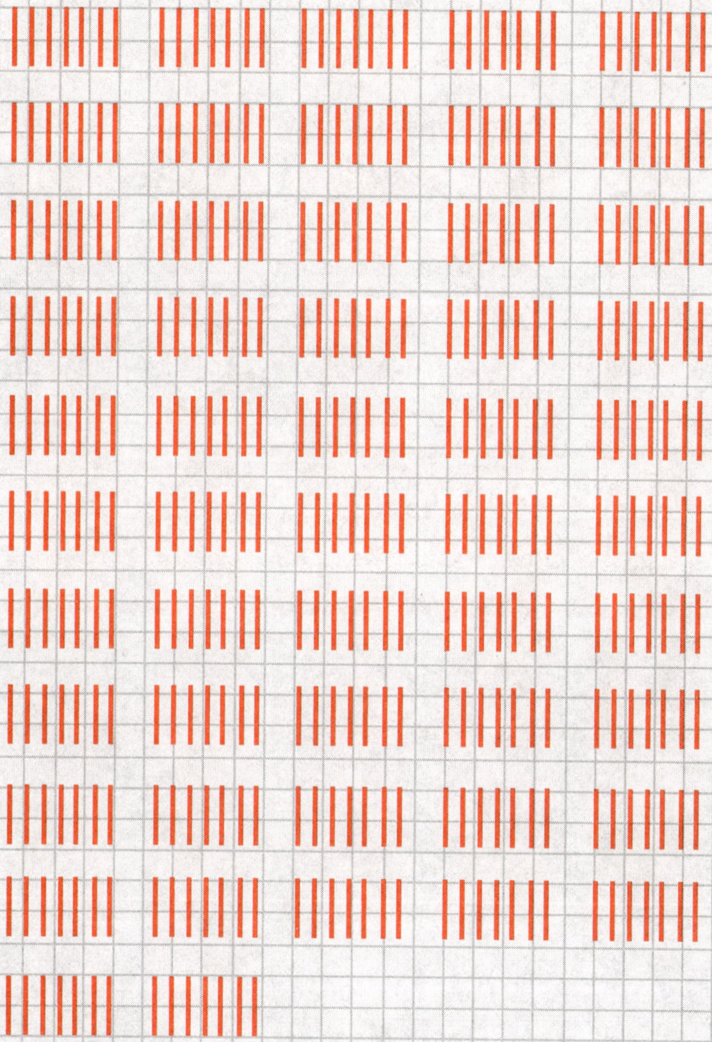

Votre entreprise fait des bénéfices ?
Vous aussi vous avez droit
à une part du gâteau :

LES ACTIONNAIRES
VOTRE PATRON
?
VOUS
Allez-y choisissez la vôtre

Une majorité de A : Ne rêvez pas, vous n'avez vraiment pas l'envergure pour être un escroc à Wall Street, ni même un vulgaire voleur de scooter ou un vendeur d'assurances. Non, vous êtes un vrai Bisounours, en un mot, une parfaite victime pour ceux qui ont une majorité de B et de C à ce test.

Une majorité de B : Vous n'êtes pas un escroc à la Madoff, mais plutôt un sous-Jérôme Kerviel. Vous êtes capable de perdre des milliards, mais sans pour autant vous enrichir. Continuez à travailler votre cynisme, et peut-être un jour serez-vous prêt pour le casse du siècle.

Une majorité de C : Vous êtes le prochain Bernard Madoff. À côté de vous, Bernard Tapie ressemble à un enfant de chœur. N'hésitez pas, foncez chez votre voisin pour lui vendre tout et n'importe quoi. Ensuite, faites-vous élire député, sénateur, et pourquoi pas, un jour, président de la République.

Test :
Êtes-vous aussi escroc que Bernard Madoff ?

Lorsqu'une petite vieille vous demande de l'aider à chercher de l'argent dans son porte-monnaie, vous :

A. L'aidez volontiers. C'est normal d'aider les personnes âgées.

B. L'aidez en prenant, bien sûr, votre petite commission. Rien n'est gratuit dans la vie.

C. Vous lui piquez son sac, son manteau de fourrure et même sa canne, juste pour rire.

Un ami vous demande de lui prêter de l'argent :

A. Vous avez confiance en lui et lui prêtez volontiers. Ça sert à ça, l'amitié.

B. Ça va pas la tête ! Il est vendeur de voitures, autant dire qu'il va bientôt être chômeur !

C. Bien sûr que vous lui prêtez de l'argent. C'est normal, entre amis. Vous lui demandez juste sa maison, sa voiture et sa femme en caution et des intérêts amicaux de 38 %.

Quel est votre animal préféré :

A. Un gentil écureuil.

B. Une cigale.

C. Un requin blanc venant de dévorer un surfeur sur la côte basque.

Vous voulez investir en Bourse, que faites-vous ?

A. Vous investissez prudemment une petite partie de vos économies. Avec la Bourse, on n'est jamais sûr de rien.

B. Vous êtes joueur, vous investissez toutes vos économies sur un produit financier.

C. Vous investissez tout l'argent de votre voisin malade qui vous a donné une procuration sur son compte. C'est encore plus drôle de jouer en Bourse lorsque ce n'est pas son argent.

Votre femme idéale est :

A. Emmanuelle Béart, à la fois belle et impliquée dans des causes humanitaires.

B. Paris Hilton, pour sa beauté intérieure, ou plutôt la beauté intérieure des hôtels de ses parents.

C. Une femme, ça sert à rien, et en plus, ça coûte cher !

Quel est votre meilleur souvenir d'enfance :

A. Lorsque vous alliez au parc le mercredi après-midi pour jouer avec vos amis.

B. Lorsque vous avez trouvé un billet de 100 francs dans la rue, un beau matin d'automne.

C. Lorsque vous avez volé un billet de 100 francs dans le sac de votre maman, un beau matin d'automne.

Il faut toujours se préparer au pire

Faites une liste des activités à faire
lorsque vous serez au chômage technique :

Faites-vous plaisir

Dessinez vous-même
la courbe de vos actions :

Votre boîte est en train de couler ?

Lancez une bouée
de sauvetage à votre patron :

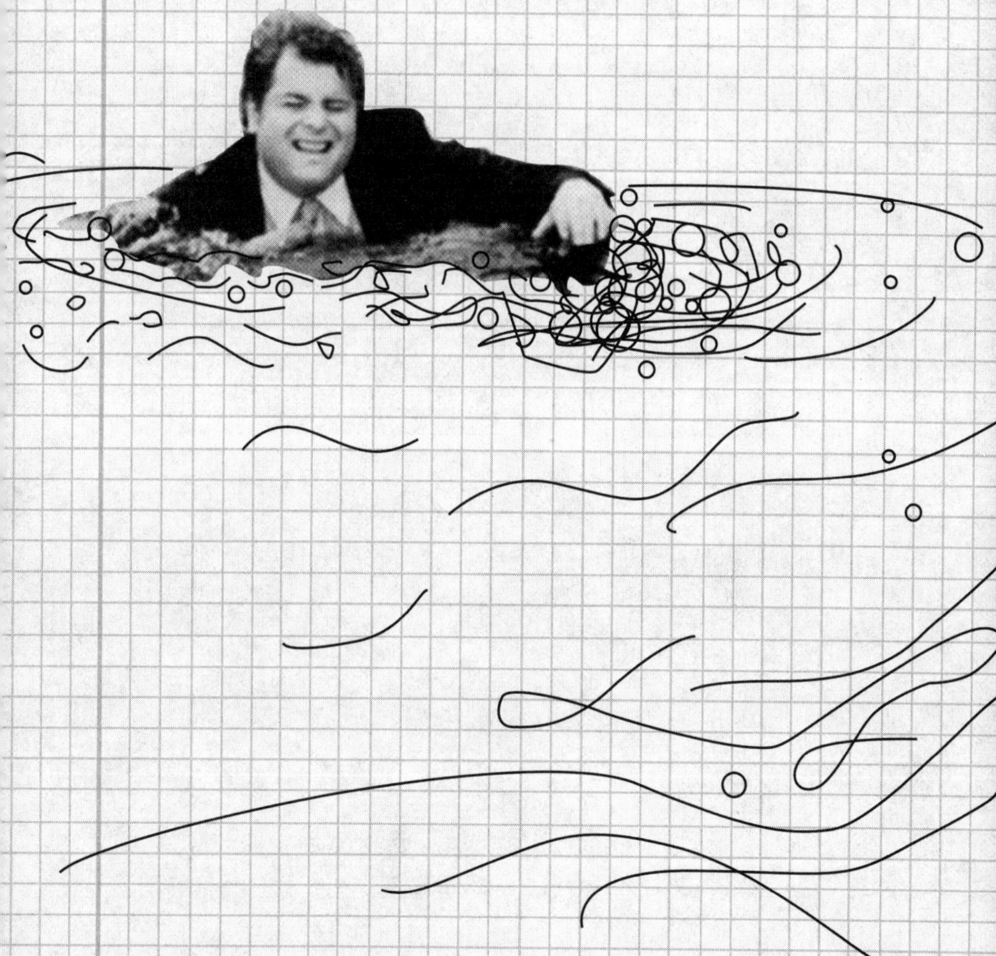

Découvrez la courbe
de la Bourse en ce début d'année

14
13
15
16
12
19
20
17
9
11
8
5
21
4
7
18
3
6
10
22
23
2
25
26
1

Fabriquez-vous un faux CV

Copiez le CV de Michel Pébereau*
et mettez votre nom dessus :

*Si, avec un CV comme ça,
vous ne trouvez pas de travail,
c'est que l'économie va très mal.

VOTRE NOM ET PRÉNOM
Né le 23 janvier 1942 à Paris

VOTRE PHOTO

Études :

- **Bac** au lycée Louis-le-Grand.
- **Polytechnique.**
- 1965-1967 **ENA** (promotion Marcel-Proust).

Travail :

- Inspecteur général des finances.
- Chef de service à la direction du trésor.
- Directeur de cabinet du ministre des Finances.
- Pdg de la BNP.
- Président du conseil d'administration de BNP Paribas.

Loisirs :

Vous croyez que j'ai le temps d'avoir des loisirs avec un CV comme le mien ?

Vous aussi,
créez un plan de relance de l'économie*

* Renvoyez cette page à :
PALAIS DE L'ÉLYSÉE
Opération « *C'est la merde.*
Qu'est-ce qu'on va faire pour relancer
cette économie à la con ? »
55, rue du Faubourg-Saint-Honoré
75008 Paris

Nom : ____________________________

Prénom : __________________________

Adresse : __________________________

N° de téléphone : ___________________

Quelle somme pouvez-vous investir ? :

[   ] €

Dans quel domaine? :

- ☐ Automobile
- ☐ Éducation
- ☐ Grands travaux
- ☐ Autre : ________________________

À quelle échéance ? :

JJ/MM/AAAA [   ]

Date :

Signature :

Investissez enfin
de façon raisonnable en Bourse

Munissez-vous d'une fléchette
et achetez la valeur
sur laquelle vous tombez :

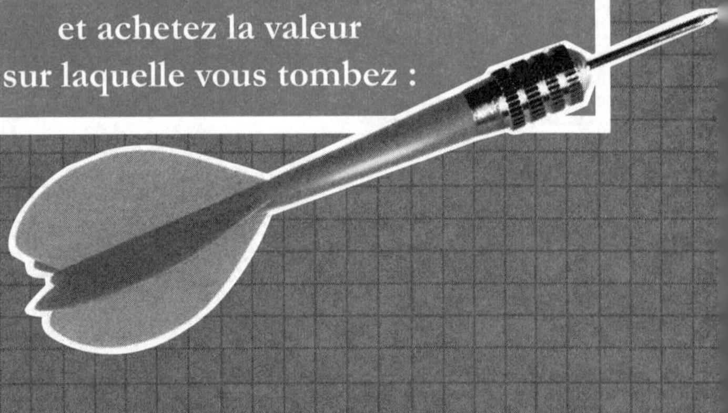

ARCELOR MITTAL
LAGARDÈRE SCA
CAP GEMINI
ESSILOR INTER NATIONAL
STMICRO ELECTRONICS
VÉOLIA ENVIRON NEMENT
AIR LIQUIDE
CRÉDIT AGRICOLE
SUEZ ENVIRON NEMENT
ALCATEL-LUCENT
AIR FRANCE -KLM
SCHNEIDER ELECTRIC
SAINT-GOBAIN
SOCIÉTÉ GÉNÉRALE
BNP PARIBAS
FRANCE TÉLÉCOM
PERNOD-RICARD
SANOFI AVENTIS
VALLOUREC
UNIBAIL-RODAMCO
DEXIA
PEUGEOT
EADS
MICHELIN
LVMH
LAFARGE
ACCOR
RENAULT
ALSTOM
CARREFOUR
VINCI
BOUYGUES
PPR
DANONE
EDF
GDF SUEZ
AXA
VIVENDI
L'ORÉAL
TOTAL

Comment relancer l’économie

Découpez en suivant les traits.
Faites-en une boule de papier.
Lancez le papier à travers la pièce.
Récupérez cette boule de papier.
Relancez la boule de papier.
Bravo, vous venez de relancer l’économie.

ÉCO-
NOMIE

Le jeu de l'oie du boursicoteur

- 1 - Bienvenue dans le monde fascinant de la Bourse.
- 2 - Bernard Madoff ; investissez la moitié de votre capital en toute confiance.
- 3 - Nouvelle économie ; investissez 5 000 euros dans la société Suppositoire.com, livraison de suppositoires en 48 heures chrono. Vous perdez 5 000 euros.
- 4 - Total, le groupe pétrolier, vous offre 2 euros de dividende et cinq points Total.
- 5 - Carla Bruni Sarkozy ; achetez son dernier album. Vous perdez 19 euros.
- 6 - Warrants ; le produit financier, pas le lézard d'Indonésie.
- 7 - Le CAC perd 2,5 %, vous perdez 600 euros.
- 8 - Jean-Pierre Gaillard, le célèbre journaliste en Bourse, vous conseille d'acheter des actions Michelin. Ne vous dégonflez pas !
- 9 - Flambée immobilière ; virez vos anciens locataires, le petit couple de retraités, augmentez le loyer de 50 % et gagnez 2 000 euros de caution que vous réinvestissez en Bourse.
- 10 - Sicav ; descendez à la cave et remontez six bouteilles. Et des bonnes !
- 11 - SNCF ; les cheminots sont en grève, vous ratez votre rendez-vous et perdez 3 000 euros.
- 12 - Medef ; servez-vous dans les caisses de l'UIMM pour renflouer vos pertes.
- 13 - EADS ; le nouvel Airbus a encore un an de retard. Vos actions baissent de 10 %.
- 14 - Panique ; vous vérifiez vos comptes et pouvez paniquer.
- 15 - Bernard Tapie ; le Crédit lyonnais vous offre 285 millions d'euros. Dites merci à Nicolas Sarkozy et avancez d'une case.
- 16 - Impôt ; le fisc vous demande de payer 285 millions d'arriérés d'impôt. Dites merci à Nicolas Sarkozy.
- 17 - BFM, la radio de l'éco, vous conseille d'investir vos dernières liquidités. Achetez des actions Pernod-Ricard.
- 18 - Jérôme Kerviel ; vous perdez 5,5 milliards d'euros. Passez 48 heures en garde à vue et rejouez.

DÉPART

Pour jouer, rien de plus simple.
Il vous suffit d'avoir un dé et 10 000 euros.

Le petit jeu des impôts

Cherchez l’impôt que vous ne payez pas :

Réponse : la gabelle, qui était une taxe sur le sel, impôt aboli en 1790. Heureusement que cette époque est révolue et que maintenant, nous ne sommes plus assaillis de taxes, d’impôts directs et indirects. N’est-ce pas ?

$ $ IMPÔT SUR LES SOCIÉTÉS

$ $

TIPP

IRCM

CRDS

PRÉLÈVEMENT SUR LE PMU

TAXE D'HABITATION

C3S

$

TAXE FONCIÈRE

ISF

GABELLE

TAXE SUR LES SALAIRES

TVTS

$

$

REDEVANCE

$

$

PÉAGES D'AUTOROUTE

TVA

$

$

Quel produit n'a pas été fabriqué en Asie ?

Réponse 1 : First Éditions a refusé de nous financer trois mois de vacances en Thaïlande pour écrire ce livre. Honte à eux !

François Jouffa & Frédéric Pouhier
C'est la crise... de rire !
Blagues pour temps difficiles.

1

2

3

Équilibrez votre budget

VOS
DÉPENSES :
....
VOS
RECETTES :
....

Déliez les cordons de la Bourse

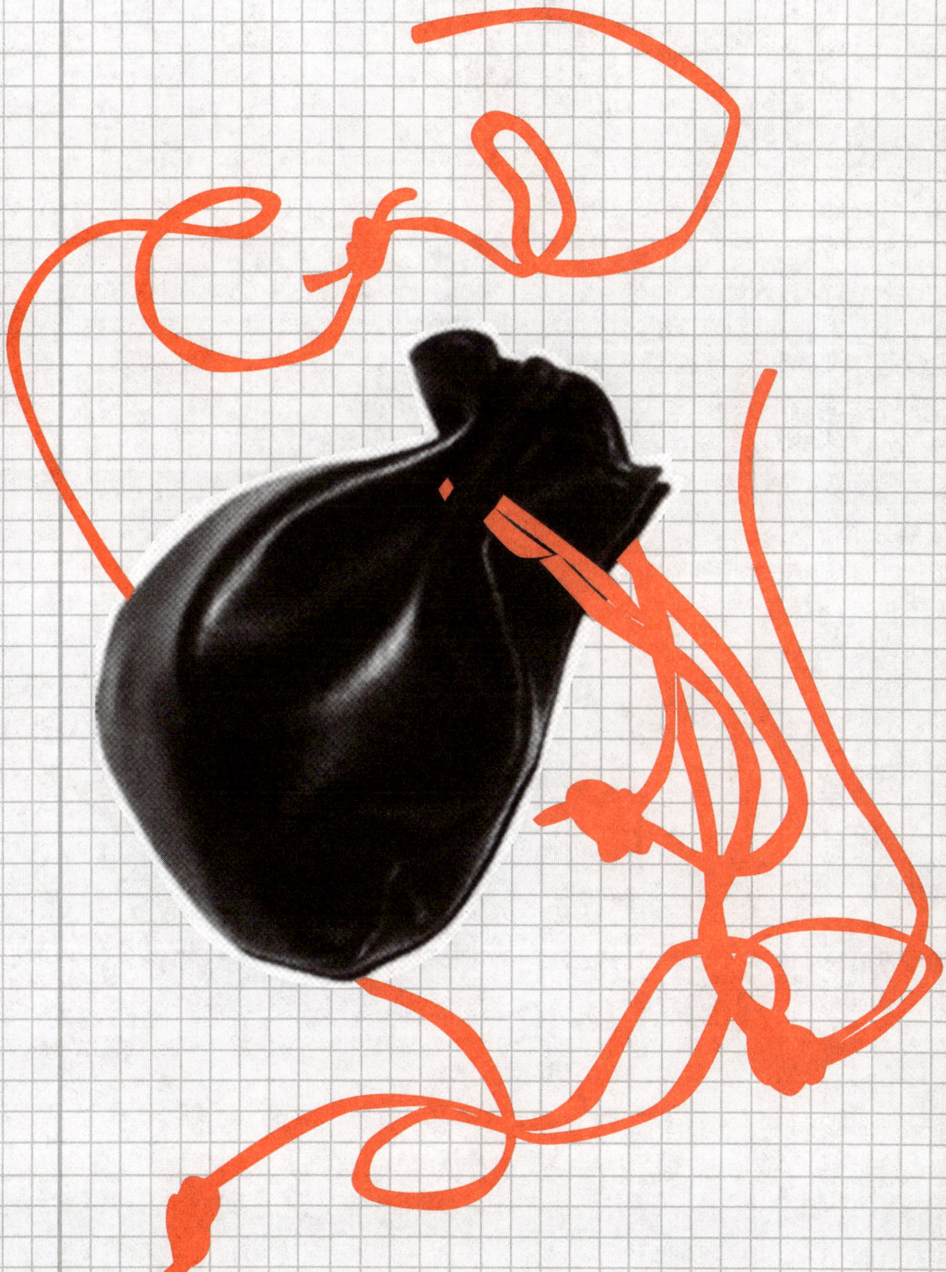

Révisons les divisions

Combien de smic faut-il pour faire le salaire d'un grand patron du CAC ?

Réponse : 189,25 smic.

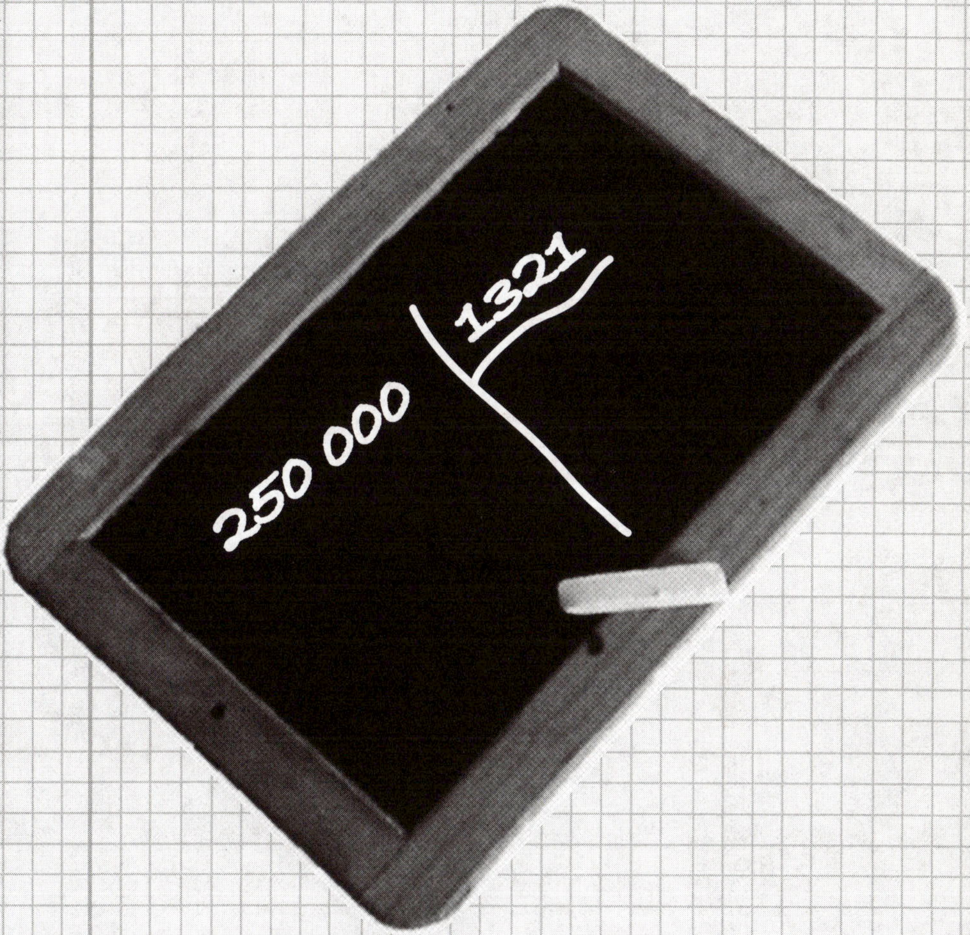
250 000
1321

Exclusif !

La photo de Nicolas Sarkozy découvrant
les nouveaux chiffres du chômage.

Table des matières

Préface

Le téléphone pleure ... 15
Kramer contre... ... 15
Social ... 15
Back to the future ... 15
Idée pour gagner de l'argent en temps de crise ... 16
Témoignage ... 16
Bon plan vacances en temps de crise ... 16
Leçon d'économie ... 16
C'est la crise, soyez radin ... 16
La grenouille et le trader ... 17
Crise de la consommation ... 17
Mais oui, comment ? ... 17
Noir c'est noir ... 17
Optimisme ... 17
Panique boursière ... 18
Apprenons le capitalisme dès l'école primaire ... 18
Flash info ... 18
Dis-moi pourquoi ... 19
Consommation des ménages ... 19
Yes, we can, or maybe not, it's hard to say ... 19
Info dépressive mais vraie ... 19
Témoignage ... 19
Deux en un ... 20
En temps de crise, il faut savoir embaucher les bonnes personnes ... 20
www.elleestdrôlecellelà.com ... 20
Mais oui, pourquoi ? ... 20
La différence ? ... 20
Vol au-dessus d'un nid de cocus ... 21
L'argent ... 21
Quiz ... 21
C'est un signe ? ... 22
Irremplaçable ... 22
Et en plus, c'est vrai 100% VRAI ... 22

Grande promo ---- 22
Soyons positifs ---- 22
Définition ---- 23
Le point commun ---- 23
Témoignage ---- 23
Le marché va si mal ---- 23
C'est dire que ça va mal ---- 23
Diamonds are the best girl's friends ---- 23

CITATIONS DE STARS ---- 24-25

- 5 phrases qui vous seront utiles lorsque les huissiers frapperont à votre porte ---- 26
- 5 faits qui prouvent que vous êtes vraiment devenu pauvre ---- 27
- 5 bonnes raisons de ne pas démissionner cette année ---- 28
- 5 indices qui prouvent que vous allez bientôt vous faire virer 29
- 5 idées pour sortir de la crise économique ---- 30
- 5 bonnes raisons pour reformer l'AMF (Autorité des marchés financiers), le gendarme de la Bourse 31

Très profond ---- 32
La différence ? ---- 32
Je vis mon rêve ---- 32
Management de crise ---- 32
Soyez matinal ---- 32
Apprenons des anciens ---- 33
Weapons of mass destruction ---- 33
Le pire, c'est que c'est vrai ! 100% VRAI ---- 33
Family business ---- 34
Le marché va si mal ---- 34
Conseil ---- 34
Astuce ---- 34
Hécatombe ---- 35
Citation ---- 35
Hallucinant mais vrai 100% VRAI ---- 35

Proverbe de 2010 35
Définition 35
Réflexion 35
Le marché va si mal 36
Définition 36
Les boules ! 36
Le pire, c'est que c'est vrai ! 100% VRAI 36
Citation 36
Ressources humaines 36
Mon banquier m'a dit 37
Les études économiques 37
Erreur de la compta en votre faveur 37
Définition 37
Réflexion 37
Réflexion 38
Proverbe 38
Histoire d'eau 38
Est-ce vraiment la bonne période pour demander une augmentation ? 38
Réflexion 38
Restons philosophe 38
Carte de crédit 39
Le marché va si mal... 39
Petit jeu 39
Qui a déclaré... ? 40
Témoignage 40
Le marché va si mal... 40
Placement financier 40
En 2010, il ne faudra pas non plus négliger sa vie de couple 41
Qui a déclaré... ? 41
Définition 41
Mais oui, pourquoi ? 41
Vous aussi, montez une escroquerie financière 41
Contrôle fiscal 42
Réveil douloureux 42
Restons philosophe 42

Crise de management ---- 43
L'économie expliquée aux blondes ---- 43
Et en plus, c'est vrai 100% VRAI ---- 44
Test ---- 44
Scoop historique ---- 44
Choc des civilisations ---- 44
Lost ---- 45
Le marché va si mal… ---- **45**
Pas bête ---- 45
Ça énerve ! ---- 46
En temps de crise, soyons bien assurés ---- 46
Témoignage ---- 46
Guide de survie en temps de crise : le manuel du parfait radin ---- 47

CITATIONS DE STARS ---- 48-49

- 5 faits qui prouvent qu'au travail vous êtes dans un placard ---- 50
- 5 meilleurs investissements que vous ayez faits dans votre vie ---- 51
- 5 raisons de penser que votre job est nul ---- 52
- 5 banques à ne pas avoir perdu d'argent dans le crack financier 53
- 5 métiers pires que le vôtre ---- 54
- 5 idées de titres de film sur la crise financière ---- 55
- 5 raisons de ne pas paniquer pendant la crise ---- 56
- 5 raisons de penser que votre banquier que votre banquier est incompétent ---- 57

Et en plus, c'est vrai 100% VRAI ---- 58
Quiz ---- 58
Proverbe de circonstance ---- 59
Peut-on exporter le capitalisme ? ---- 59
Perspectives de carrière ---- 60
Témoignage ---- 60
Le saviez-vous ? ---- 60
Attention à ne pas vous faire enfumer par un courtier ---- 60
Tensions sociales ---- 60

Et en plus, c'est vrai ... 61
L'échelle sociale ... 61
Quiz ... 61
Et pourtant, c'est vrai ... 62
Qui a déclaré… ? ... 62
C'est beau l'amour ... 63
Et en plus, c'est vrai ... 63
Lettres de menaces ... 63
Pour relancer l'économie, faites comme… ... 64
Pouvoir d'achat ... 64
Quiz ... 64
La différence ... 64
Pas faux ... 65
Et en plus, c'est vrai ... 65
Pouvoir d'achat ... 65
Economie d'énergie ... 65
Quiz ... 66
Une nuit au ministère ... 66
Moquons-nous de ceux qui ont encore un métier : les avocats ... 66
En temps de crise, l'art de la négociation salariale est primordial ... 67
Dilemme ... 67
Qui a déclaré… ? ... 67
En 2010, faites aussi des économies sur votre budget familial ... 68
Témoignage ... 68
Définition ... 68
Sortez de votre chapeau magique une solution pour arrêter la crise économique ... 69
Et en plus, c'est vrai ... 69
Le saviez-vous ? ... 69
Le pire, c'est que c'est vrai ! ... 70
Le pire, c'est que c'est vrai ! ... 70
Pour survivre au bureau en 2010, suivez les règles du parfait faux-derche ... 71

CITATIONS DE STARS ... 72-73

- 5 raisons qui vous poussent à investir dans la « green économie » 74
- 5 façons de faire travailler votre argent 75
- 5 destinations préférées de nos hommes d'affaires qui ne connaissent pas la crise 76
- 5 faits qui prouvent que votre entreprise vient d'être délocalisée 77
- 5 conseils pour mieux vivre au bureau 78
- 5 crises pires que la crise financière 79

Nostradamus avait prévu la crise économique de 2009 80
Qui a déclaré… ? 80
Conseil 80
Bercy 81
Le pire, c'est que c'est vrai ! 100% VRAI 81
Pourquoi ? 81
Point météo 81
Les millionnaires du dimanche 82
Le pire, c'est que c'est vrai ! 100% VRAI 82
Dites-le à vos collègues 82
Interview 83
Suisse pauvre 83
Pour sortir de la crise, qui faut-il nommer au ministère de l'Economie ? 84
Quiz 84
Témoignage 84
Une bonne idée pour faire des économies 85
Femme d'économiste 85
Contrôle fiscal 86
Qui a déclaré… ? 86
À la banque 87
Vengez-vous ! 87
Les 2 commandements de l'économie 87
Vous aussi, introduisez votre famille en Bourse 88
Définition du consultant 88
DRH 89
Conseil d'administration 89
Le travail, c'est la santé… 89

Conseil d’administration 89
Définition 90
Votre nouvel emploi du temps depuis le début de la crise 90
Et en plus, c’est vrai 100% VRAI 91
Définition 91
Témoignage 91
La vérité sort de la bouche des enfants 91
Aux portes du Paradis 92
La Genèse 92
Et en plus, c’est vrai 100% VRAI 93
Quiz 93

Cahier d’exercices 95

Chronologie de l’histoire de l’histoire de l’économie. 96
Vengez-vous des misères que vous fait subir votre banquier. 98
Copier 100 fois « Ce n ‘est pas le moment de gifler mon chef de service. » 100
Vous aussi, faites exploser la bulle financière. 102
Vous aussi, offrez-vous un parachute doré. 104
Vous aussi, faites vous un bouclier fiscal. 106
Écrivez de votre plus belle plume une lettre d’adieu à vos RTT. 108
Créez, vous aussi, votre paradis fiscal. 110
Un croquis pour comprendre la crise économique. 112
Vous aussi, faites un plan social dans votre société. 114
Une année de crise, ça passe vite. 116
Profitez des bénéfices de votre entreprise. 118
Test : Êtes-vous aussi escroc que Bernard Madoff ? 120
Préparez-vous au pire. 122
Dessinez-vous-même la courbe des vos actions. 124
Sauvez votre entreprise du naufrage ! 126
La courbe de la Bourse en ce début d’année. 128
Fabriquez-vous un faux C.V. 130
Vous aussi, créez un plan de relance de l’économie. 132
Investissez de façon raisonnable en Bourse. 134
Comment relancer l’économie. 136

Le jeu de l'oie du boursicoteur. 138
Le petit jeu des impôts. 140
Quel produit n'a pas été fabriqué en Asie ? 142
Équilibrez votre budget. 144
Déliez les cordons de la Bourse. 146
Révisons les divisions. 148
La photo de Nicols Sarkozy découvrant les chiffres du chômage. 150